花嫁と三人の偏愛アルファ
Yu Enari
エナリユウ

CHARADE BUNKO

Illustration

YANAMi

CONTENTS

――逃げる花嫁――

ほっそりとした白い首を伸ばし、寝室の扉から顔を出す。耳のあたりまで伸ばした濃茶の髪がさらりと揺れた。階下へ続く階段を覗き込み、饗庭晶は用心深く耳を澄ます。石造りの洋館は夏の熱気を跳ね返し、中は静寂とともにひんやりとした空気に満ちている。

本邸が隣の敷地にあるとはいえ、これだけの洋館ならば使用人もそれなりだろう。しかし、階下からはなんの気配も感じられない。

――いまなら誰にも見つからずに行ける。

ぐっと奥歯を噛み締める。喉の奥で、そろりと唾を飲み込んだ。唇を舌で湿らせれば、ぴりりと傷口が痛む。いつの間にか切れている。昨日、唇を噛んで堪えたせいだ。

薄暗い部屋を振り返る。正面に見える窓だけが目に沁みるほど眩い。窓辺へ寄れば、庭園が見渡せた。

奥の木立の向こうに、ちらりと赤い煉瓦塀が見える。三階から見下ろす限りでは、自分にも乗り越えられそうに思えた。

庭に射す陽光はまだ白い。陽が落ちるまで一刻はありそうだ。使用人たちがいつ戻るかわからない。夜になればまた彼らが来るだろう。人気のないうちに塀の向こうに逃げられたら、夜まで物陰に身を隠せばいい。

——あとは月明かりを頼りに逃げよう。

慣れ親しんだ実家の饗庭子爵家は、ここから半日歩けば着くはずだ。とはいえ、帰るつもりはなかった。

金に困った子爵家が、借金返済の代わりに承諾した政略結婚なのだから、金で買われた身が逃げ帰っても元へ戻されるだけだ。世間知らずの自分が見知らぬどこかへ逃げ切れるとは思えない。それでもオメガの身だからと諦めたくはなかった。


貴族社会だった欧州で平民のアー種たちによる革命が起こったのをきっかけに、アー、ベー、オメガの三種からなるバース性の概念がこの国に入ってきたのは江戸後期だ。

人口の八割以上を占めるベー種と、頑健な身体と明晰さを特徴に持つアー種、そして妖艶な容姿と特殊な性的特徴を持つオメガ種は、人口の一割と言われるアー種のさらに半数以下と稀少だ。

幕末の志士たちが好んで蘭方医から判定試験を受け、多くがアー種だったのも注目を加速させた。

それまで怪異のひとつとして扱われていた『発情期を持ち、男も出産する』オメガ種が高確率でアー種を産む事実が広まると、なんとしてでも手に入れようと、多くのアー種とその一族が躍起になった。

一方、西洋列強に追いつくためにはバース性の有効活用が欠かせぬと判断した新政府は、積極的にアー種を重用し、体制へ取り込んだ。

問題は、アー種の人口増化を図るため、オメガに限っては複数の夫を持つよう国が推奨したことだ。相続争いを避けるため同一血族内に限定されているものの、民法に定められた一夫一妻制でも、オメガとの婚姻は例外と付記されている。

高貴な夫が複数の妻を持つのは歴史上多く認められているが、逆はない。

結果、アー種の女性を含む『夫』たちは、ベー種もしくはアー種の妻の他にオメガ種の妻を持ち始めた。妻と言っても親族のアー種と共有するため、扱いのよい妾に近い。

オメガの身であれば、いつかはなにかしらの家と娶せられるのが普通だ。晶は長男だが、子爵家は弟が継ぐ。子煩悩な父から、晶が嫌ならば嫁がなくてよいと言われていた。

発情を夫なしに過ごすのが辛いなら、アー種を複数持たぬ家を必ず選ぶと約束してくれたのに、まさか三人もの夫と娶せられるとは思いもしなかった。

しかも、よりによって顔も見たくないほど恨んだあの三兄弟へ売られるだなんて、口惜しいどころではない。

兄弟の両親もまたアー種だと聞く。輿入れ時、親子共有の妻にさせられてしまうのではと心配する父に、あくまで兄弟だけの妻だと約束したそうだが、信用できない。

家のために一晩は堪えたが、これ以上は心が千切れてしまいそうだ。

逃げ帰る場所などないが、それでもここにはいたくなかった。

洋簞笥にあったシャツやズボンが、身体に合うものでよかった。洋服を着慣れていない上、サスペンダーでズボンを吊るのに手間取ったが、これなら目立たず人に紛れられる。

普段和服に草履で過ごす自分には、革靴は少し重い。しかしこれもどこかで売れば役立つと心のうちで算段した。

視線を室内に戻す。乱れたままの敷布がくしゃくしゃになっていた。体液で汚れたシミは乾いたが、青臭い匂いは敷布のみならず、己の身体からも匂う気がして眉を顰める。

昨夜、ここで三人の男に貞操を奪われた。思い出すだけで、鳥肌が立つ。

――嫌だ、嫌だ、嫌だ！

散々泣いて腫れた目元からまた涙が頰を伝う。しつこく続いた閨事の最中もその後も、晶は昨夜からずっと泣き通しだ。泣きたくないのに、いまも勝手に涙があふれる。

シャツの袖で擦れば、目じりがひりひりと痛んだ。

代わる代わる身体に乗られ、凶器のような陰茎を尻に埋められた。

ゆさゆさと揺すっては、ここまで入ったと晶の尻と自身が繫がった部分を他の二人へ見せつけ、見せつけられた二人もまたランプをかざし、尻の穴から表情まですべてをくまなく暴いた。

それが三度だ。

男たちの荒い息が耳から離れない。常に誰かの陽物か指を含まされた。絡みつく複数の腕と身体中に吸いつこうとする口に、息継ぎすらままならなかった。

三人が離れたかと思えば、身体の上で搾り出すように自身の肉茎を扱き、呻き声とともに温い精をはたはたと降りかけられた。終わればそれを恐怖で慄く肌へ塗り込み、また三人分の手や口が晶へ迫る。それは晶が泣きじゃくるまで続いた。

泣きながら気絶同然に眠りに落ちた。目覚めたのは昼近くだ。

この身を苛んだ男の一人が昼食を持ってきたが、晶は布団をかぶって顔を出さなかった。男はしばらく無言で佇んでいたが、動かずにいると、そのまま出ていった。

寝台脇の卓には、手をつけられぬまま乾いてしまったサンドイッチがある。昨日、鵡川家邸内にて上げた祝言で膳のものを口にして以降、食べていなかった。しかし、この屋敷でなにを出されようと、食す気にはなれない。

それらに背を向け、扉の外へ踏み出す。

――ハナには別れを告げたかったけど……しょうがない。

連れてきた女中のハナは饗庭家に帰されてしまったのだろうか。いつもそばにいるはずの彼女の姿さえないことに心細さが募る。

「女中まで返してしまうなんて、どういうつもりなのか。洗濯からすべて自分でしろと？あの人たちは私の華族としての矜持(きょうじ)もなにもかも奪う気なんだ……」

切れた唇を舌でなぞり、また泣きそうになるのを堪える。

――金で買われた身だから諦めろというのか。

饗庭の両親は、まさしく箱入りのごとく大切に育ててくれた。なんの後ろ盾もなく外に出ては、オメガの自分が安全に暮らすのは難しい。人攫(ひとさら)いにだって遭いかねない。一方的に奪われるくらいなら、戦っていっそ散ってしまいたい。無茶な衝動だとわかっていても、今夜も彼らの無体に甘んじる方が余程怖かった。

緋色(ひいろ)の絨毯(じゅうたん)が敷かれた廊下を音もなく歩き、一階に下りる。

改めて周囲に人気(ひとけ)がないのを見て、庭へ出た。夏の熱気が頬を炙(あぶ)る。

屋敷同様、洋風に造られた庭だ。煉瓦敷の道は緩やかにうねりながら外へ伸びている。

庭ですら伴(とも)の者なしに出てはならないと躾(しつ)けられてきた。広がる景色を前にためらう。

――外の世界はオメガの自分には危険すぎる。でも、ほんの一日でもいい。自由になりたい。ここから逃げたい。

湿った土の香りを胸いっぱいに吸い、一目散に走った。庭の中央に置かれた東屋(あずまや)を抜ければ木立だ。その奥に目的の赤い塀が見えた。

「晶！」

鋭い声にハッと息を呑む。振り返ると、天狗か鬼かというほど大きな図体をした弐知弥がいた。赤みの強い茶の背広を着こなす姿は日本人離れしている。

高い背丈も厚い筋肉のついた雄々しい体格も西洋人と引けをとらない。よりによって彼に見つかってしまったと動揺した瞬間、慣れぬ革靴に躓き、花壇の中へ転がった。

「戻れ、晶！」

大きな歩幅で迫る弐知弥を見れば、まだ距離がある。

慌てて起き上がり、走り出す。すぐに息が上がった。走るどころか屋敷から出ることさえ滅多にない生活だったせいで、あっさりと追いつかれてしまう。

「来ないで！　弐知弥先輩、見逃してください！」

肩をそびやかし迫っていた弐知弥の足が止まる。

「……そんなに嫌なのか」

問いかけに答えず、塀へ駆け寄った。登らんと手を伸ばす。近くで見ると、想像していたよりずっと高い。

自分の背丈よりもう一尺ほど高い塀は、手こそかけられたものの、腕の力だけではとても登れない。足をかける窪みもなく、手をこまねいているうちに、ゆっくりと歩を進めてきた弐知弥に腕をむんずと摑まれた。

濃いアー種の気配に包まれる。圧倒的な存在感と強者の気迫に、晶は身を竦ませた。

「嫌です。逃がしてください！」

「君の夫だぞ。一日で逃げ出すなんてつれないじゃないか」

弐知弥の手のひらが貧弱な白い腕を撫で上げる。塀を掴んだままの手へ重ねられた。それと同時に背後から首筋に唇を這わせられ、全力で身体を捩って拒絶する。

「よしてください！　三人もの夫を相手にするなんて私には無理です！　後生ですから塀の向こうに逃がして」

夫の一人である男を仰ぎ見る。晶だって、父より伸びた背丈は並みより高いはずだ。しかし、この兄弟は皆やたらと大きい。

見下ろす男は緩いくせ毛を真ん中でふわりと分け、気障なほど整った顔立ちだ。目力のある二重の瞳と高く通った鼻筋は中学時代の面影を残していた。三田の私立中で一学年上だった先輩は、背は高かったが今よりずっと細い身体つきだった。

優しかった先輩は上の部の成績で中学を卒業後、大学予科へ進まずに欧州と米国へ留学し、戻ってからは鵡川家の財力を元手に麹町でホテルを始めた。本場仕込みだという触れ込みと、豪奢な輸入物のシャンデリアといった家具のしつらえは、来日した商人や技術者たち外国人に好評で、逗留場所として瞬く間に人気となった。

一方で腕の立つコックを従業員ごとよそから引き抜いたのは強引で下品だとけなす者も

多い。

金払いのよい外国人客を一斉に奪われてしまった同業の旅館業者からは恨みを買い、しかもそれをまったく気にかけぬ傲岸さだとか。女中たちの噂では、従業員には厳しく冷酷で、温情を知らない人間だとも聞いている。

――この人はもう、私の知っている先輩じゃない。私を金で買って、一度に三人の相手をさせるような人になってしまった。

悔しさと悲しみで再び瞳が潤む。負けるかと歯を食いしばって睨み上げると、晶を腹立たしげに見下ろしていた男の目じりがふっと下がった。弐知弥は息を吐くと、仕方なさそうに口角をわずかに上げる。

――中学の庭球部でも、よくそんな顔をなさっていた。

ほんの半年ばかりしか在席できなかったが、短かったからこそ晶の中では大事な思い出だ。その記憶をくすぐる表情に、懐かしい想いが胸を疼かせる。

「君の細腕ではこの壁は登れない。それに――ほら」

弐知弥に腰を摑まれ、子どもをあやすように持ち上げられる。いきなり視界が開け、塀の向こうの景色が目に飛び込む。

見覚えのある鵡川の家紋を染め抜いた半纏がいくつも見える。それを着た人々は荷車を引き、前垂れを腰に巻いた女たちが快活な声を上げ、荷を預けたり受け取ったりしていた。

同じ印のある暖簾（のれん）からは背広姿の男が現れ、店先につけた人力車へ乗り込んでいく。せわしなく行き来する彼らの足元には、今しがた晶が走り抜けた庭と同じ色の煉瓦が敷いてあった。路面には凹凸があり、割れたり形が歪（いびつ）な煉瓦もあるが、それでも人力車が悠々とすれ違えるほどの広さで敷かれているのは圧巻だった。

昨日の朝、涙ながらに出た実家の饗庭家では、家の前はもちろん、敷地内も砂利を敷くのがせいぜいだった。ここは路面だけなら銀座（ぎんざ）の大通りみたいだ。

「……先輩、ここって」

「この塀の向こうも鵜川家の敷地だ。こっちは鵜川物産の建物で、その奥に見えるのは倉庫だよ。屋敷の反対は鵜川土木の事務所と木工所やら鉄工所、屋敷だって本邸もあれば来客用の別邸に使用人たちの長屋もある。とにかく塀を越えても東西南北鵜川家の敷地だ。ここをさらに抜けねば、君の言う逃げたことにはならないな」

「全部？　そんな……」

「昨日馬車で通っただろう？　説明したつもりだが、聞いていなかったのか？」

血も涙もない冷血漢と言われる鵜川家への輿入れだ。不安と恐怖で始終張りつめていた晶には、彼らの言葉などまともに耳に入っていなかった。受け答えを失敗して侮られてはいけないと、当たり障りのない返事をするので精一杯だった。

「ま、街かと思いました。それに両脇にも向かいにもあなた方が座ってらっしゃったから」

鵡川の紋が入った黒光りした馬車を思い出す。

三人そろって馬車で迎えに来られるとは思わず、馬車の外を眺める余裕はほとんどなかった。鵡川家の広間で行われる祝言で失敗せぬよう、緊張していたのもある。

そろりと草地へ下ろされる。

「満足したか？　なら、帰ろう」

厚みのある大きな手に頬をこすられる。転んだ拍子に泥がついたらしい。俯けば、ズボンもシャツもあちこち土で汚れていた。

連れ戻されたら、厳しく見張られるに違いない。

「……！」

服の汚れを払おうと弐知弥が屈んだ一瞬を突き、走り出す。藪の中に紛れたが、またもやすぐに捕まった。

「いい加減、観念しろ！」

捕まれた腕が乱暴に引かれ、草むらへ引き倒される。衝撃に胸が詰まった。肩を摑まれ、押さえられる。見上げれば、男は瞳に苛立ちの色を浮かべていた。

「嫌だ！　あなたたちの嫁になんかなりたくない！」

晶の全身を舐めるようなじっとりとした視線にたじろぎつつ、負けじと睨み返す。

「綺麗な顔で憎いことを言うね。君の夫が誰か、その身体に思い知らせてあげよう」

肩を摑んだ手に力が込められる。その手を振り払おうともがいたが、頭上で両手を地面に縫い留められた。弐知弥の左手ひとつで、細い両手首はあっさりと拘束され、どう足掻いてもびくともしない。

右手がシャツに伸び、乱暴にはだけられる。白い貝ボタンが引きちぎれ、葛の茂みへ飛んだ。

まっさらな肌に残された情事の痕に、男は目を細める。

「いやだっ、こんなとこで——」

「叫ぶと向こうの社員たちに聞こえるぞ。街中の噂になりたくなければ、声を堪えるんだ」

塀を挟んだ先に広がる煉瓦敷の道を思い出し、唇を噛んだ。昨日作った傷を歯が滑り、じくりと痛む。

昨夜、さんざん嬲られ赤らんだ胸の先を、節立った長い指が滑る。手のひらで丸く撫でられたのち、肌をまさぐられた。卑猥に動く指を拒もうと腹へ力を入れ、堪える。嫌悪の奥に境界の曖昧な疼きが顔を覗かせた。戸惑いの色を浮かべた晶を、弐知弥は不敵に笑う。

ズボンの上から股間を鷲摑みにされ、ヒッと息を吞む。身を硬くすると、食らわれるかと思うほど大きく開いた口腔に唇を襲われた。朱く小振りな唇をべろりと舐めた男は、己の太い舌を咥(くわ)えさせたいのか、無遠慮に侵入してくる。

「んんっ……」

男の唾液が口中に注ぎ込まれ、色づく唇の端からあふれた。だらだらと頬を伝って、温(ぬる)い他人の体液が零(こぼ)れていく。

サスペンダーが肩からずり落とされ、ズボンのホックが外される。土で汚れたズボンは下着ごと下ろされた。膝にわだかまった布の塊が蹴り落とされる。革靴も一緒に脱げ、晶は脱げかけた黒靴下で青臭い匂いを放つ雑草を踏み、なんとか逃れようと身体をうねらせる。

それでも晶の唇は弐知弥に貪られたまま離れない。

「んーーっ、ん！　んんっ」

やっと唇が離れると、手首の拘束が解かれた。弐知弥が軽々と晶の身体を持ち上げ、うつ伏せにさせる。踏み潰したねこじゃらしの青い穂が額を刺した。

腰を持ち上げられ、膝をつく。逃げれば、片手を摑まれ背中へ捻(ひね)られた。動けば押し潰すとばかりに体重をかけられ、仕方なくもがくのを諦める。

「大人しくしろ」

片手を押さえられた状態で尻を覆っていたシャツがめくられる。木洩れ日が、白やかな尻を照らした。

生暖かい息が丸みのある尻たぶへ吹きかけられる。ごくりと喉が鳴る音が聞こえた。

昨日の夜を思い出し、鳥肌が立つ。まだ腫れぼったく感じるその部分に、温かく濡れたなにかが触れ、ぞろりと舐められる。かすかな水音とともに、濡れた感触を尻の狭間に感じた。

むっとした草いきれが立ち込める草藪で跪き、尻を掲げて男に舐められる恥辱に、唇を噛む。

「やだっ、や――、あァっ」

ぐっと舌が窄まりの中へ押し込まれる。拒もうと力を入れても、侵入するそれは易々と突破した。むしろその熱と質感をまざまざと感じ、おぞましさに小さな悲鳴を上げてしまう。

屈辱的な格好で、湿った土と雑草に這いつくばった晶の瞳に、弐知弥と揉み合った拍子に手折れてしまったつゆ草が映る。鮮やかな青い花弁は踏み潰され、千切れて小さく縮んでいた。

「や、舐めないで、先輩やめて……」

探るように縁とその内側をなぞった舌が抜けると、入れ替わりに指がずぷりと挿し込まれる。憶えのある指の動きは、ぐるりぐるりと内部を執拗に巡った。

慄く心とはうらはらに、オメガの身体はとろりと潤いを滲ませる。それがまた悔しい。

「すぐに柔らかくなったな。君の身体は初夜をまだ憶えているぞ」

指が抜け、拘束した手が緩む。晶は強張って痛む身体をそろりと動かし、振り返る。口元を唾液で濡らした弐知弥を信じられない目で見遣った。

「諦めて、僕たちに抱かれることを受け入れるんだ」

なにも言えず、黙って首を振る。ちくちくする草にかまわず尻を滑らせ、後ずさる。背中に塀が当たった。もう後がない。追い詰める手が、つま先に半端に残った両の靴下を奪った。

拒まれた弐知弥はほの暗い笑みを浮かべ、そんなに鵜川が嫌いかと呟く。本気の怒りが窺えた。垣間見えた迫力は狩る側のものであり、自分は喰らわれる側だと思い知らされる。

「逃がして……」

声が震えた。

「駄目だ」

非情に言い放ち、弐知弥が眼前に立ちはだかる。

「お願いです。私はすでに二十四です。もっと若いオメガ種をお迎えください」

稀少なオメガ種は、二十歳前に輿入れする者がほとんどだ。金に困窮する前まで、子に甘い父は晶が望むなら一生独身でよいと言ってくれ、晶もその言葉を疑わなかった。

「無駄だと言っている。諦めろ」

再度冷ややかに断言した男は、座り込んだ晶の身体を高く持ち上げ、壁に押しつける。軽々と人一人を持ち上げる腕力に、己との大きな差を見せつけられる。

膝裏を持たれ、浮いた身体が一瞬不安定に揺れた。落とされるのではないかと怖れ、ヒッと声を上げて眼前の男にしがみつく。その拍子に、男から身体を膝の間に入れられた。

「なにをする気ですか？　下ろしてください！」

慌てると、喉の奥で笑われた。

男の巨軀が、持ち上げた薄い身体を塀と挟むように重ねる。左手だけで抱え上げられた格好だ。

「お仕置きだ」

己の前をくつろげる気配に身を竦める。広げた股の奥へ、男は狙いを定める。艶本さえ見たことのなかった晶は、そこで初めて意図を知り、動揺した。

「まさか、このまま？　そんな無理です、いやっ、や……ぁっ」

草むらの上で慣らしたそこへ、熱く猛々しい陽物がねじ込まれる。逃れようと男の胸を押して拒絶すると、なおさら深く入り込んだ。

弐知弥の両手が尻を摑み、上下に揺する。少し入ったかと思えば引き出され、次の瞬間にはより深く押し入れられた。わずかずつ食まされる部分が深くなると、内臓が圧迫される苦しさに襲われる。

「だめ、先輩やめて。オメガならできる」

「慣れるんだ。オメガならできる」

それがたまらなく嫌なのだと涙があふれる。

ふと、揺すり上げる動きが止まった。視線を上げれば、晶がはらはらと落涙する様を恍惚のまなざしで見入る弐知弥がいる。

「もう、いっぱい……はいらない……」

濡れたまつげを瞬かせ、非道を働く男に慈悲を願う。

「仕方ない。堪えてやるから力を抜け」

「抜いて、くださいますか？」

浅い息を吐く。じっとしていてもじわじわと侵入してくる存在は、晶へ恐怖を与えると同時に、腹の奥をそわそわさせた。

「抜くとは言っていない。奥に挿れないだけだ」

腹に力を込められ、抱え直した晶の尻へ向かって腰を振り始める。数度浅く繰り返したのち、ずぶりと打ち込まれた。

「あぁっ……うそつきっ、せんぱい……はいっちゃうからぁっ」

「堪えろ。聞こえるぞ」

はっとして耳を澄ませば、塀の向こうをガタガタと荷車が通っていく。いくらか距離はありそうだが、人々の話し声も聞こえる。

「夕方までに届けられるかい？」

「ちゃんと手形をもらってくるんだよ」

あちらの声が聞こえるなら、こちらの声も届くということだ。薄い手のひらで口元を押さえ、悔しげに弐知弥を睨む。

「……うそつき、もういれないっておっしゃったのに」

小声で苦情を言えば、鼻で笑われた。

「手加減してやる。これぐらいなら昨日も咥えただろう？」

耳元で囁かれた低声に、じゅっと体内が潤む。男の突き上げが再開されると、くちくちと濡れた音が立った。塀一枚向こうの日常と、尻にずぼずぼと男根を突っ込まれ、犯されている己の現実に頭がくらくらする。

「んんっ、くっ……あぁ……」

口を押さえた逆の手で、己を苛む男の上着を握り締める。摑まれた尻で手のひらの熱を、腕に乗った太ももで自分を征服する者の筋肉の盛り上がりを感じた。

揺すられるたび、背中が煉瓦に擦れた。せわしない動きののち、ぴたりと止まる。低い唸り声とともに、尻に食まされたものがぐっと大きさを増す。ヒクヒクとした拍動を尻の縁で感じ、晶は男が放ったのを知った。

抜かれてもまだ挟まったままのようで、上手く歩けなかった。弾けずに残ったボタンを飛び飛びに留めただけのシャツ一枚のまま、弐知弥に抱き上げられ、来た道を戻る。

庭園からデッキを上がって屋敷に入ったところで視線を感じ、面を上げる。険しい顔の史三と目が合った。

白のシャツに同じく白のベストとズボンを身に着けた彼は外から戻ってきたばかりらしい。額の汗を拭いつつ、手にした麦わらのカンカン帽で扇いでいる。後ろへ撫でつけた総髪は汗でほつれていた。

「兄貴、昼から抜け駆けか？」

不機嫌な声の主は素肌を晒した晶の太ももへ目を向ける。

身体の厚みは弐知弥ほどではないが、史三もまた長身に恵まれている。彼は鵜川家の主要な事業のうちのひとつ、鵜川土木会社の副社長を務めていた。

社長である父親は爵位を早々に長男へ譲り、隠居状態で住まいも神楽坂へ移っていたが、まだ若い三男が充分な力をつけるまではと、肩書は社長のままだ。

史三はたびたび現場を巡っているのか、顔はもちろんシャツをまくった腕も黒々と日に焼けている。しっかりと筋肉がついた腕には筋が浮いていた。

中学時代は坊主頭で、無邪気に晶へ懐いていたが、いまは職人たちに揉まれ、度胸と凄みを身に纏っている。

「晶が塀を越えて逃げようとしていたのを捕まえたところだ。少し仕置きをした」

兄の答えにふっと鼻で笑うと、日焼けした腕が弐知弥に抱かれた晶へ伸びた。逞しく育った史三が纏う強い存在感、気配と呼び習わされているものもまた、アー種の特徴を示している。

「土がついているな。シャツには草の汁が沁みているし……どこで仕置きされたんだか」

頬を指先で擦られ、晶は眉間に皺を寄せて不満を表した。触るなと言いたかったが、弐知弥に許したばかりだと丸わかりの姿では格好がつかない。

「風呂場で洗ってやるさ。昼に一度焚いてあるはずだ。まだ使えるだろう」

弐知弥とそっくりな二重の瞳がきろりとその兄を睨む。

「俺が風呂に連れていく」

意味ありげに二人が目を合わせ、弐知弥が折れた。

「そうか。では頼もう。……無茶をさせるなよ」

晶を抱きかかえようと腕を差し出す史三に気づかぬふりをし、弐知弥へ頼んで下ろしてもらう。まだ足元は覚束ないが、ゆっくり歩けば無様な姿を見せずに済む。

「自分で歩け――るから」

迷いつつ、史三を意識して敬語をやめる。

くれぐれも無理させるなと釘を刺す兄へ、史三は飄々と肩を竦めた。

「昨日は二人きりで話せなかったからね。元級友と親交を温めたいだけさ」

弐知弥は疑わしいと言いたげに眉だけを器用に上下させると、その場を立ち去った。

「尻も背中もこんなに汚して、意外とやんちゃだな」

屈んで顔を覗き込む史三から、黙ってぷいと目を逸らす。

「冷たいじゃないか。中学の頃は同じ組だったろう？」

「君とは同級だったけど、ほんの半年だけだ。……あんなことになるなら親切にしなければよかった」

痛む唇をあえて噛み締める。この十一年、幾度となく繰り返した後悔だ。

春に入学し、秋に退学した。発情でオメガと明らかになったあの日で、晶の外での生活は終わってしまった。

「当時、我が鵜川家はまだ男爵位を叙爵する前で、平民だった。一年飛び級をして中学に入った俺は生意気だったからな。華族の子息たちは俺を成金と蔑んだし、同じ平民の生徒からは、年下の俺が最初の試験で首席を取ったってんで遠巻きにされていた」

「君は語らなかったけど、鵜川家の三兄弟はすべてアー種だという話は広まっていたよ。それも大きかった」

オメガ種は発情で、アー種は医師が行う判定試験で、そのバース性が明らかにされる。どちらにも該当しなかった者はベー種だ。

「ご維新前は能力より『生まれ』だった。歴然とした身分の区別があったが、いまは違う。海の向こうで起きた平民アー種主導の革命がこの国で起きぬよう、華族たちが平民のアー種を警戒するのはもっともな話さ」

　維新で武士の中でも低い身分の者たちや、農民や商人の出自を持つ者たちが新政府で活躍し始めると、絶対的だった階級意識は薄れた。文明開化の恩恵で経済活動が活発になるにつれ、能力主義の風潮が強くなった。

「確かに平民アー種が目立てば目立つほど、既存階級は脅かされる。それがわかっていたから、君は中学で孤立しても平然としていたのか？」

　あくまで視線を逸らせたまま問う。

「兄たちからの受け売りだったけどな。俺が傷つく必要はないと知っていても、辛くないわけじゃない。平気なふりができたのは、あーちゃんだけはまともに口をきいてくれたからだよ。優しくて綺麗なあーちゃんと話せて、俺は嬉しかった」

　図々しいほど晶に懐いた史三はあの頃、丸坊主だった。小柄な背丈で自分を見上げる瞳はキラキラしていた。周りに悪しざまに言われれば、頭のデキは自分が上だと言い返す気の強さがあった。

「君なんかに手を差し伸べたのは私の失敗だ。後悔しきれないよ。正直、恨みばかり募っている。本当は君たち兄弟の顔さえ見たくない」

顔を背けたまま、嫌悪を口にした。直接相手に伝えたのは初めてだが、晶が鵜川兄弟を嫌っているのはとっくに知っているはずだ。借金を重ねて身動きが取れなくなった晶の父が頷くまで、鵜川家は何度断られても見合いを申し込み続けていた。

世間には、オメガ種欲しさに鵜川家が手を回して饗庭の事業を失敗させたという噂も流れている。

「俺はひと目見たときからお前が好きだった。俺が話しかけるたびに振り向いてくれるのが嬉しくて、たわいもないことで話しかけていたな。俺を嫌う華族の奴らと板挟みになって困っているのは知っていたが、ひとつ年上の優しい同級生が好きで好きで、お前にまとわりつくのをやめられなかった」

すっかり晶の背丈を追い越した史三が苦い笑みを浮かべる。

「私の方が年上なんだ。お前などと……気安く呼ぶな」

「『あーちゃん』ならどうだ？　当時はそう呼んでいた」

「この年でか？　子どもでもあるまいし、馬鹿にされても知らないからな」

「あーちゃんはしない、だろ？」

一瞬よみがえった懐かしさを振り払い、頬に伸びた男の手を撥ねつける。

「君なんて放って置けばよかった」

股間をかろうじて隠すシャツの裾を握る。すうすうとした風を素足で感じるそこは心もとない。

子どもの一歳は大きな差だ。誰より小さな背丈の史三を、あの頃の晶は他の級友たちのように冷たくあしらえなかった。

幼少の頃から容姿の美しさを褒められてきた。賞賛と同時に、美貌はオメガ種の特徴でもあると、その可能性を口にされていたのも知っている。十を越えると、親からも覚悟しておくよう言い渡され、自分にそういった可能性があるという不安と諦めの混じった意識があった。

オメガ種についての知識は親から少しずつ教えられ、誘惑香の効かぬベー種までも易々と魅了するオメガ種が、アー種の保護下から離れる危険性も知った。発情期のために行動は限られ、身体はアー種の子種を得るためにはしたなく乱れることも。

——少数派になる未来への恐怖を乗り越えるために、自分は孤立していた史三に手を差し伸べたのかもしれない。

「忠典(ただのり)様の言う通り、平民とは距離を置くべきだったんだ。あの方のご助言は正しかった。従わなかったのは私の過ちだが、それでも君たちには憎しみが余りある」

中学で一番親しくしていたのは、成島(なるしま)公爵家の忠典だ。彼は成島家の兄弟たちの中で唯一のアー種だった。公爵家の後継ぎとしてすでに指名を受けていた忠典は気高く高潔で、緩みがちな華族の子息たちの中、その清らかな精神は抜きん出ていた。

そっとまぶたを閉じ、その姿を思い返す。涼しい目元が好きだった。目元だけではない、忠典こそ晶の初恋だった。

「鵡川を嫌っているのは、世間が言う冷酷な成金だなんて評判のせいか？　なぜそこまで俺たちを嫌うんだ？」

変声をとうに終えた低い声に、現実へ引き戻される。俯き、晶はいまの自分を見下ろした。シャツの他は、なにひとつ身に着けていない。こんな立派な洋館ではしたない格好をしている己が情けなかった。

「発情がオメガの印だ。自分にそれが来ると、薄々察していたよ。だから父上と、十七までは学校に行かせてもらう約束をしていた。外の世界で経験を得られるのはそれまで。あとはいつ来るかわからぬ発情に備えて屋敷に籠（こ）もるしかない」

失われてしまった四年間の中学生活と、誕生日が来るまでの半年ばかりの高等学校にどれほど思い焦がれ、羨望したか知れない。

アー種と番（つが）ったとしても、人攫いに狙われる危険は続く。無防備に外は歩けない。

史三がなにか言おうとしてやめた。こちらを見つめる瞳は真摯で、自分をまっすぐに見上げていた当時と同じだった。

「あと四年あるはずだった。大事な私の時間を君たちは奪ったんだ」

「発情が早まったのは俺たちのせいだと？　あの日まで俺も兄貴もお前と接触していたけど、何事もなかったじゃないか」

授業の合間に史三にまとわりつかれ、放課後の部活では弐知弥から指導を受けていたが、最初の発情が起こったのは秋の父兄参観の日だった。

「でもそうなんだ。あのときの感覚を私は憶えている」


父兄参観で校内が浮つく中、帝大の学生帽にマントを纏った青年が目に留まった。首元まで留められた詰襟は凛々しく、中庭を囲んだ外廊下を歩く姿は、流行りのバンカラ学生とは違う上品な佇まいだった。

見覚えのある二重の目元に、すぐに史三たちの兄だとわかった。きりりと上がった太い眉が男らしい。

――三人兄弟だと聞いたことがあるから、一番上の柾一郎さまだろう。ご両親の代理で参観にお出でになったのか。

そんな見当をつけているうちに弐知弥と史三が現れ、嬉しそうに兄弟で言葉を交わす。

強烈ななにかに縫い留められたかのごとく、晶の視線は三人に貼りつき、外せなくなった。

柾一郎がそんな晶に気づき、倣うように二人がこちらを振り向く。

彼らとは廊下の端と端で離れていた。それにもかかわらず、三人と目が合った途端、彼らから放たれるアー種の濃い気配が己の身のうちに流れ込むのを感じた。

「あーちゃん？　顔色が悪いよ」

史三に声をかけられる。本能的に危険を感じ、頭を振った。

「駄目だ、来るな……来るな！」

後ずさる晶へ、弐知弥が訝しげに首を傾げる。

「どうしたんだい？」

三人が晶に向かって一歩進む。そのとき、電球のつまみをカチリと捻り回すのに似た、奇妙な感覚に襲われる。

いつの間にか止めていた息をハッとして吸い、慌ててその場から離れた。

それから間もなく体調に異変をきたした晶は早退し、その晩、初めての発情が起こった。

大半のオメガは十八歳前後で最初の発情を迎える。

少なくとも十七までは発情しないと言われていた。それが十三でオメガに目覚めさせられたのは、ことさら濃いアー種の気配を持つ、あの三兄弟といっぺんに会ったせいだ。

——彼らに会わなければ、あと四年外の世界を味わえたのに。

「ただでさえ短い外の時間を奪われたんだ。たかが四年と笑うかい？　私と君たちの四年は違う。恨めしいよ。君たち兄弟を私はどうしても許せない」

史三の腕が肩へ回され、胸に抱き締められる。息を吸うと、汗の香りの中に外の雑多な匂いがした。

まっすぐ伸びた晶の髪へ鼻先を寄せた史三が、つむじの上で呟く。

「俺たちがあーちゃんの発情のきっかけを作ったのか。あーちゃんは怒るだろうけど、他のアー種のせいじゃなくて嬉しいよ」

「アー種が複数集まっただけでオメガを発情させてしまうなんて、そんな前例はない。きっと君たちアー種が三人で私を——汚れた目で見たんだ。そんななにかがあったに違いない」

「それだって俺は聞いたことがないけどな。でもあーちゃんの話は信じるよ。俺たちのせいだったんだな」

微笑む史三を理解しがたい目で見遣る。

「君に親切なぞしなければよかった。弐知弥先輩だって、弟の友人でなければ毎回私の指導についたり、親しくなさらなかったはずだ」

「いいさ。全部、俺のせいにしろ。一生俺を恨んでいい。俺は一生あーちゃんが好きだから」

　嫌われて上等だと居直るわけでもなく、むしろ史三の機嫌はよさそうだ。

「なにがそんなに嬉しいんだ?」

　意味不明な執着に、口をへの字に曲げて不快感をあらわにする。

「一生俺を意識してくれるなら悪くない。どうせ好かれないなら、無関心より嫌われた方がいい。俺はお前の夫だ。お前がどう思おうとずっとそばにいるからな」

「馬鹿じゃないのか」

　本当に視界に入るだけでかまわないらしい。ひやりとした薄気味悪さを感じ、思わず一歩下がる。すると下がった分だけ迫られ、再び腕の内へ囲われた。

「睨まれても嬉しいのさ。中学の頃からずっとお前が恋しかったからな。見合いじゃ、発情期が近いからって遠目で見るだけで終(しま)いにさせられたってのに、それすら嬉しくて、その晩はなかなか寝つけなかった。どんなに俺が嫌いでも、絶対逃がしてやらない。代わりに俺たちがやれることはなんでもしてやる」

　晶は眉根を寄せ、「気持ちが悪い」と突き放す。史三にこたえた様子はなく、「それで結構」と満足そうだ。やはり話が通じない。

　これだけ意味のわからぬ話をする男だ。常人の心もわからないに違いない。史三が副社長を務める鵡川土木は、金儲けばかりに走る酷薄な仕事ぶりだと評判だが、経営者の人柄がそのまま反映しているのだろう。

　――こんな奴をかばっていた過去の私は、本当に馬鹿だ。

「……ならば着替えを持ってこい。いつまで私をシャツ一枚でいさせる気なんだ？」

「もっともだ。いい子で待ってろ。動くなよ」

「半裸でも嫁が逃げたなら、よっぽど夫が嫌いなんだろう。むしろ逃げられた夫の人格に問題があると思わないか？」

　片頬を歪ませて軽口を叩く晶へ、史三は眉を上げるだけで応じると、着替えを探しに階段を上がっていった。

　姿が見えなくなるまで見届けると、すぐさま裸足のまま歩き出す。せっかく一人にしてくれたのだ。大人しく待つ義理はない。

　――塀の向こうも鵡川の敷地なら、使用人のふりはどうか。勝手口のあたりへ行って、それらしい服を探してみよう。

　見つけた勝手口は綺麗に整頓され、着られるものは見つけられなかった。

　窓から外を覗くと、煉瓦塀が途切れた箇所に裏門が見えた。しかし鉄格子の門は閉められ、その向こうには見張りらしき男の背中がある。

――出るのは無理か。

史三が自分を呼ぶ声が聞こえ、慌てて近くの小さな納戸へ身を隠す。

小さな明かり取りの窓があるだけの納戸は狭く、両手を広げるだけの幅もない。淀んだ空気はわずかに埃臭かった。両脇には食器が入った棚が置かれ、奥には桐の衣装箱が二段ずつ積まれている。

扉の向こうで晶を呼ぶ声がする。

「おい、風呂に行くぞ。着替えを持ってきた。隠れていないで出てこい」

行けば、弐知弥にされたことをまたされてしまうのではないか。そう思えば、少しの間でも一人でいたかった。

その場にしゃがみ込み、息を殺す。あちこちの扉を開く音が聞こえた。

順番に開いているのか、音はだんだんと近づいてくる。嫌だ。嫌だ。ぞっとして身が竦んだ。

目の前の扉が小さな軋みとともに開かれる。見上げれば、着替えを手にしたやけに楽しげな史三がいた。

「見つけた」

心臓がひゅっと縮んだ気がした。狭い納戸の床へずるりと尻をつく。

見下ろす史三はにんまり笑う。かつての同級生が浮かべる、意味のわからぬ笑みに晶は怯(おび)えた。

「来るな。来たら噛みついてやる」

怯えを押し隠し、史三を睨み上げる。左右に迫った棚に手をつき、少しでも素早く動けるよう力を込めた。

「祝言を挙げた相手に酷(ひど)いな。俺たちは君を大事にするし、なにより愛してる。だから饗庭家にも充分な誠意を示した。これからも援助を続ける約束もな」

「家の都合は承知している。だが、私が君たちを夫と認めるかはまた別の話だ」

「なぜ？　同じ話だろう？　華族局への届け出は済んでいる。それとも芝居や小説のごとく惚(ほ)れた腫れたで相手を選びたいとでも？」

違うと否定しようとして思いとどまる。見下ろされる屈辱と相まって、晶の中でむくむくと負けん気が湧き起こった。

「……それのなにが悪い。君こそ私を恋しかったと言ったではないか」

「好いてるだけじゃ、お前は手に入らない。オメガというだけでも難しいのに、さらに子爵家の子息様だからな。苦労したさ」

その苦労は、饗庭家に借金を背負わせるために手を回したからではないのか？　世間は毛並みのよいオメガ欲しさに子爵家を罠(わな)に嵌(は)めたと噂しているぞと問い質(ただ)したい。しかし、この男が安易に認めるわけがない。それぐらい晶だって理解している。

「援助の代わりに私はここにいる。だが私が君たちを嫌いな事実は変わらぬ。そんな相手から肌に触れられるなんて苦痛で当然だ。そもそも一生恨んでいいと言ったのはついっさきの君だ」

史三の顎にぐっと力がこもる。奥歯を噛み締めたのだ。

「そうか、なら俺も勝手にさせてもらおう。着替えを取りに行った俺から逃げるなんて、そんなに服が着たくないなら裸でいればいい」

苛立った声を上げた史三にシャツを掴まれた。そのまま引き倒し、飛び飛びに留まっていたボタンが千切れるのもかまわず、前を力任せに開く。

「やめろ！　嫌だ！」

脱がされまいと身体を振り、這いつくばって納戸の奥へ逃げた。

ぐっと尻を両手で鷲摑みにされ、左右に広げられる。狭間に空気がすうと触れた。冷えた感触に自分のそこが濡れているのがわかった。振り返らずとも、そこを凝視されているのを感じる。

「私に触るな！」

「こんなことをするから尻に汚れがついてしまったじゃないか。お前の白い尻が埃と草の汁でべったりと黒ずんでいるぞ。しかも尻の狭間は男の精で濡らしてな。兄貴のものを零した尻を振って見せつけるなんて、俺を誘惑しているのか？」

「史三、手を放せ！」

「可愛い嫁が誘ってくれているんだ。もう一度、ここで男を咥えさせてやる」

片手で尻を押さえつけたまま、前立てをくつろげる布の擦れる音が立つ。太い指が尻の窄まりを探り、ほぐれ具合を確認しようと奥を押し広げる。

すぐに指とは違う熱塊が押しつけられる。

「やだっ、いやぁ……」

軽く先端を含ませられる。少しでも逃がれようとすぐ脇の食器棚に手をかけ、同時に膝で床を蹴って前へ進む。抜けかけたところで、腰を摑まれ軽々と引き戻された。その動きで男根がずぶずぶと身のうちに沈ませられる。

「うぁ……あぁぁ……っ」

弐知弥によって濡らされたそこは、大した抵抗もなく男を受け入れる。再び開かれた隘路を漲った熱い雄が突き進んだ。

声にならない悲鳴が上がる。

「兄貴のおかげで楽に入ったな。昨日は初夜だったから譲ったが、また兄貴に先を取られるなんて面白くない」

ずくずくと腰を前後させられたのち、手前を亀頭でなぞるように腰を回された。

カタカタと、棚に仕舞われた食器が男の動きを逐一音で伝える。

緩ませた場所を先ほどより勢いを乗せて押し込まれると、ぞくぞくとした痺れが腰の奥を震わせた。昨夜の苦痛ばかりの交わりとは違うなにかが身体の奥で湧き上がる。

「はぁっっ……あ、あっ、ふ……深い……」

上擦った声音に官能が滲む。頭は拒否しているのに、身体は真逆の反応を始めていた。

「兄貴にはどこまで挿れさせた？　お前は庭球部でも兄貴を慕ってたもんな。俺がお前を追いかけて同じ部に入っても、兄貴にばかり懐いて腹立たしかったよ」

「か、かんけい……ない」

前後に腰を振られると、身のうちに穿たれた肉杭が同じ動きで内部を苛む。身体を揺する動きが晶の腕を伝い、棚を震動させる。

狭く埃っぽい納戸の中、カチカチと食器を鳴らしながら、犯される。

繋がったまま身体を持ち上げられた。腕力だけで上体を奥の桐箱へ乗せられる。足先が床をかすった。

史三に前を探られ、緩やかに勃ち上がった陰茎を握られる。

「駄々を捏ねているだけで、本当は気持ちいいんだろう?」

感じていたと悟られてしまい、屈辱に顔を歪める。背後から顎を掴まれ、その表情をじっくりと眺められた。

「……よし、昨日よりもう少し奥まで試すぞ」

「なに？　奥……？　嘘だ、これ以上なんて、私を揶揄っているのか？」

「これで全部だと誰が言った？　俺たちは根元まで挿れちゃいない。全部してしまうと慣れた妓女も男娼もべー種は青ざめるんだ。だから、昨日はお前の顔色を見ながら慎重に手加減したのさ。この具合ならきっと、全部受け入れられる」

ランプで顔を照らされたのは、体調を見るためだったらしい。逸れた思考は、揺すられるたびに尻の中で深度を増していくものでうやむやになる。

もうないと思った先をゆるゆると暴かれ、晶は頭を振って慈悲を願う。

「あ、あ、よせ……やめろ……史三やめてくれ」

「少しずつ頑張ろうな」

機嫌のいい声とともに、じわじわと奥が開かれていく。

「たのむからぁ……あぁぁ……」

後ろからのしかかった史三はうなじをべろりと舐め上げ、柔肌に浮かんだ汗を味わった。

「あぁ、塩辛い。おいしいよ、あーちゃん」

――食卓――

三階の南に面した日光室(サンルーム)は天井にも硝子(ガラス)が張られた、開放的なしつらえだ。そこで三人の夫たちとともに夏の遅い夕暮れを眺めつつ、夕食を取る。

昨夜から使用人を含め人払いしているそうで、母屋(おもや)から食事を運んだのは弐知弥と史三だ。

仕事に出ていた長男であり男爵位を継いだ柾一郎が、黒々としたワインを一瓶持って合流し、四人は新たな生活を祝ってグラスを合わせた。

皆、黒のタイにシングルタキシードを身に着けている。少々寸法が合わないが、晶にも用意され、タイは弐知弥に結んでもらった。

オメガは容姿に優れた者が多いため、男性オメガに女性ものの煌(きら)びやかなドレスを着せたがるアー種もいる。好きで着るなら別だが、一方的に強制されたくはない。

柾一郎の眉は太く、凛々しい。兄弟のうちで一番男臭い顔立ちと言えた。常に無表情なせいでなにを考えているかわからぬ不気味さと迫力があり、彼もまたアー種特有の気配を強烈に振り撒(ま)いている。

身の丈は弟たち二人とほぼ同じで、すらりと長い手足は鍛えているようには見えないが、服の下にはしっかりした筋肉があるのを、晶は昨夜の初夜で知っている。

今年三十になる彼は、鵡川家の基幹事業である鵡川物産の社長を務め、倫敦(ロンドン)や甲谷佗(カルカッタ)にも支店があるほど事業手腕に優れていると評判だ。やり手な分だけ黒い噂も囁(ささや)かれ、実家の女中経由で晶の耳にも入っていた。

食事が始まってから、仕事の近況を報告し合うやり取りが続いていた。兄弟と晶、一応とはいえ夫婦団らんの場で交わされる会話にしては色気がない。

ひと通り仕事の話が終わったところで、史三が今日の出来事を口にする。

「饗庭家からさんざん見合いを断られて、鵡川家が忌み嫌われているのは知っていたけど、彼も俺たち兄弟が嫌いだそうだよ。父兄参観で俺たち三人がそろったところに行き合ったのが、最初の発情の引き金になったらしい」

晶の向かいに座る弐知弥がおもむろにナイフを置き、顎へ手をかける。その手元は、暮れかけた夕陽で赤く染まっていた。

「確かにあのとき晶はまだ十三だったな。女性オメガは十五歳前後、男なら大体十八で女性より遅いものだと聞いていたから、早いと思っていたが……。アー種が集まりすぎて未熟なオメガ種を発情させたなんて前代未聞だが、そんなことがあるのか？」

そう言って怪訝(けげん)そうに眉を顰める。

七三に分けた髪をポマードできっちり整えた柾一郎は、ワインに口をつけると、晶を見据える。平坦(へいたん)な太い眉とその下の瞳はなんの感情も読み取れない。

「晶君自身が言うなら、そういう場合もあるんだろう。オメガにとって初めての発情を迎えるまでは、外で自由に過ごせる貴重な時間だ。君が憤るのもわかるが、私たちもそんな大事になるとは知らなかった。すまなかったな。こうして夫婦になったのだ、許してくれないか？」

述べられた言葉は文字面だけなら謝罪だが、感情のこもらぬ淡々とした柾一郎の口調には到底頷けない。

「……せめて中学までは人並みに過ごしたかったです。発情してしまえば、もう自由に外へは出られませんから。四年の月日は大きいです」

本当は怒鳴って当たり散らしてしまいたい。けれど、知らなかったのはお互いさまだ。責めるのは筋違いだと理解している。

それでも、恨みは簡単には消えない。

──三人のように外で働けないにしても、私だってもっと世の中を知りたかった。学校帰りに寄り道をしたり、試験前に焦って勉強したり、悪い結果に肩を落としてみたりしたかった。せめて発情があと一日でも遅かったら、恋する人と一緒に街を歩けたのに。

「簡単に許される問題ではなかったな。あとで改めて話し合おう」

「その前にまた逃げるかもしれませんね。まだ鵜川家の嫁になると納得したわけではありませんから」

祝言を済ませたくせに可愛げがないと、自分でも思う。いっそ嫌ってもらってかまわぬのだ。昨夜のような無体を繰り返されるくらいなら、嫌われて放っておかれる方が楽だ。

案の定、柾一郎の声がぴりりと緊張を孕んだ。

「それはご実家への援助を切られてもかまわないという意味か？　饗庭家が経営する縫製工場は女や丁稚の子どもが多かったな。立場の弱い者に仕事を与える饗庭子爵の心意気はよいが、頭を下げるのは苦手らしい。仕事を取ってこられなければ、工場のあの子たちは——」

「脅す気ですか？　仮にも男爵位を賜った華族がなさることでしょうか！」

饗庭の工場で働く幼い縫子たちが頭をよぎる。発情の合間、奉公に出されたあの子たちにミシンの扱い方を教えた日々を思い出す。

口減らしで出されるのは少女が多い。貧しい家の子が女郎屋に売られるのもよくあることだ。人の好い父は、そういった子や奉公先と合わずに逃げ出した子どもを進んで受け入れ、寮を設けて面倒を見ていた。

饗庭家の商売は行き詰まり、資産の切り売りもすでに限界だ。自宅も母屋以外売り払ってしまった。庭すら売ってしまった屋敷は窮屈で、外に出られぬ身では散歩すらままならなかった。

鵜川家の援助がなければ、縫製工場も、それ以外に収入源のない饗庭家も立ち行かない。

そうなればあの子たちがどうなるか。晶は工場で働く子どもたち一人一人の顔や、綺麗にできたと喜んだときの弾んだ声を思い浮かべる。下手な奉公先や女郎屋には決して行かせたくない。

「援助は、婚姻の条件として饗庭家から提案された条件だ。援助だけ欲しいだなんて、爵位が上ならなにをやってもいいとでも？　饗庭子爵はそんな横暴を是としない方だ。晶だって知っているだろう？」

弐知弥の表情も厳しい。冷静な柾一郎の声があとを続ける。

「我が家が所有する資金は税で取り立てたものでも、国からもらったものでもない。すべて社員たちが汗を流し、働いて上げた利益だ。無駄金を使うのは、そんな社員たちへの裏切りになる。だからこそ金は情だけでは使えぬのだ」

その言葉には実があった。冷酷だと言われているのも、この信条に則って行動しているせいなのかもしれない。

己の未熟さが恥ずかしい。甘えた考えだと叱られても仕方ない。晶は俯き、観念する。

──あの子たちを守る、せめてそれだけは。

「……わかりました。従います」

弐知弥がため息を落とす。

「もう今日のような脱走はやめてくれ。上手く外へ出ても、オメガが番もなく一人で生きていくなんて危険だ」

「私が世間知らずなのもよくわかりました。私にできるのはアー種の子を孕むぐらいですから、オメガの嫁としてこの家に尽くします。それでいいのでしょう？」

ツンケンした声で不機嫌を装う。世間知らずの愚かなオメガだと思われてもかまわなかった。

実際は涙があふれそうになるのを歯を食いしばって堪えている。無知で不甲斐ない己が情けない。本当に自分はアー種との性交以外、無力で無能なのだと晶は己を責めた。

「では、さっそく私たちの花嫁に尽くしてもらおうか」

低い声で柾一郎に言い渡される。弐知弥と史三も手を止めた。弐知弥は嫌なら断っていいと言ってくれたが、柾一郎から売られた喧嘩を買うべく立ち上がる。

「もちろんです」

晶は愚かな自分を追い詰めるように、尖った声で答えた。

緊張した面持ちで、上座につく柾一郎のそばまで行ったものの、どう振る舞うべきか戸惑う。眉を寄せて命じた主を見遣った。

彼からどんな無茶を求められるかと慄いていると、手を取られ、口説かれ——まさに恋人に睦言を囁くごとく請われた。威圧もなければ、命令でも強制でもない。

「君の綺麗な肌が見たい。私のために脱いでくれるか」

こちらを見上げる顔は相変わらず冷めているが、先ほどよりずっと声が丸い。よく観察すれば、感情が表れにくいと思った瞳は穏やかで、苛立ちの色は見当たらなかった。怒らせてしまったと思ったのは自分の思い違いだったのだろうか。

「脱ぎましょう」

柾一郎と違っていきなり態度を変えられない晶は硬い声で応じ、その場でタキシードを脱ぎ落とす。

下着一枚残し、ためらう。これすらも脱ぐべきか戸惑い、視線を弐知弥へ向けると、

「可愛い姿を兄さんに見てもらおうか」と脱がされた。

全裸になった晶が、柾一郎に向かい合う形で膝に跨がったのと同時に、テーブルの上にあったバターを弐知弥が小さな匙の背で掬う。

柾一郎が足を大きく開き、後ろをほぐすから自分に摑まって尻を突き出せと言う。大人しく首に手を回して抱きつくと、狭間にひんやりした銀食器が押しつけられた。

テーブルに並んだ料理と同じく、自分も晩餐に供されるみたいだ。

柾一郎にされるのかと思ったら、背後で史三が床に跪いたので驚いた。最初は指でバターを押し込んでいたが、弐知弥に塗り足させると、最後はとろけたバターの雫があふれる窄まりへ舌を押し込む。

「舐めないで。やめて、やだ……史三、やだってば……史三くんだめ」

やだやだやめてと頑是なく騒いでも、史三はやめてくれなかった。動揺する晶の頰や唇へ柾一郎が音を立てて接吻を繰り返し、ときには上下の唇をそれぞれ強く吸って気を逸らせようとする。

尻を舐められ、力の抜けた身体を弐知弥の手でテーブルへ向けて抱え直される。柾一郎はズボンの前立てをくつろげた。軽く扱いて上向かせたものは、太さも長さもアー種らしい威容を誇っていた。

先端の張り出しを目にして怖がる晶は、自分を支える弐知弥にしがみつく。言葉と口づけでなだめられつつ、柾一郎から促され、小さな尻を差し出した。膝に乗り、軽く腰を上げた格好でじわじわと飲み込ませられ、貫かれる。

「もう……むり……」

縫い留められた蝶のように、柾一郎の上で身体を震わせる。そんな晶を見つめる三人の瞳には情欲が炎々と燃え上がっていた。

「ワインは嫌いじゃないだろう？」

柾一郎に背後から手を添えられ、おぼつかない手つきで口元へ運ぶ。背後から香る、嗅ぎ慣れない甘い香りは舶来物のポマードかと、ぼんやり思う。

ひと口飲もうとした瞬間、晶を乗せた柾一郎の腰が揺れた。紫の雫（しずく）が口元から零れ落ちる。

「あぁ……」

胸元に落ちた液体は、ゆっくりと下へ流れ、淡く色づく胸先のそばで止まった。

「んっ……」

そろそろと熱のこもった息を吐く。

柾一郎の前立ては広げられ、そこには白く小振りな尻が乗っていた。二人の身体は剛直で繋がれている。

夫たち三人がタイもジャケットもきっちりと着込んでいるのに対し、晶だけが全裸だ。色白の柔らかな肌を持つ花嫁を、テーブルを挟んで着席する二人の兄弟は熱いまなざしで鑑賞する。

晶の代わりにグラスをテーブルに置いた柾一郎は、そのままむき出しの胸を撫で上げる。ぞくぞくとした甘い痺れが身体を走る。怯えしかなかった昨夜は苦しいばかりだったのに、今日は頬に力を入れなければとろけた顔をしてしまいそうだった。

——どうして今日はこんなに感じてしまうんだろう。普通ではない状況に乱れてしまうのは、私がオメガだからなのか。

男たちの視線を避け、顔を背けた晶は、少しでもその裸身を隠そうと柾一郎へ跨がった脚を閉じる。

「落ちると危ない。しっかり股を開くんだ」

几帳面に手入れされた爪がそっと柔肌を撫で、膝頭に手を添える。ゆっくりと左右へ開いた。広げた柾一郎の膝へ足を引っかけ、ささやかな陰毛に飾られた生熟れな股間をさらけ出す。

上体が揺れ、猛々しい男のもので広げられた部分が引き攣れる。最初は限界まで引き伸ばされて怖いくらいだった小さな穴が、いつの間にか馴染んでいた。壊される恐怖を感じなくなった代わりに、押し広げられる喜びがじわじわと生まれる。

「んぁ……ぁ……」

広げた股の分だけ重心が後ろへ下がり、晶は背中をすっかり柾一郎へ預ける。繋がりが深まり、太ももが浮いた。M字に開脚した中央では、貫かれた部分がひくひくと反応する。

想像したこともないほど卑猥な姿の自分にくらくらする。

長男の男根を食んだ部分を弟二人へ晒している——そう自覚した途端、薄い下生えの中、桜色の陰茎がヒクリと揺れた。二人の喉仏がそろって上下する。

——あぁ、見られているのに感じてしまうなんて……数度抱かれただけで自分は淫乱になってしまった。

昨日とあまりにも違う己の反応が不思議で、原因を思い巡らせる。

昨夜は、初めこそ形式的な歓迎の言葉をかけられたが、寝台に移ってからは三人とも無言だった。息の荒い三人が無言で晶を裸にし、指と舌と凄まじい摩羅で全身を暴いてきたのは怖かった。

――柾一郎様がずるいんだ。てっきり罵られるか命令されると思ったのに……。

柔らかな態度に拍子抜けしたが、されている内容は挿れられたまま食事を取るという、信じがたいものだ。酷い破廉恥さなのに、身体は期待し、柾一郎を受け入れた窄まりは潤んでいる。

昼間、弐知弥に塀の向こうも鵡川家の敷地が続いていると見せてもらった。史三からは、初夜で三人が晶を執拗にランプで照らしていたのは体調が悪くなっていないか顔色を見るためだったと教えられた。

柾一郎は嫡男らしい威厳があるが、まだ優しいのか怖いのかよくわからない。けれど弐知弥と史三、明るい昼間の光で見た二人の表情は、晶が想像していたよりずっと真剣で、情熱的だった。

鵡川家が毛並みのよいオメガを調達したくて求婚してきたのだと思っていたが、それにしては執着されすぎている気がする。

アー種は獲得したオメガには誰であろうとこんな態度を取るものなのか。それともかつての同級生と先輩後輩の関係がそうさせているのだろうか。

饗庭の親族たちはベー種ばかりだったせいで、普通はどうなのか、晶には知る機会がなかった。しかし、非情な商売をしていると噂の鵡川家の三兄弟が、子爵家から輿入れした自分へ気遣いするためだけに、こんな態度を取るのはしっくりこない。

――それとも、酷い目に遭わされて混乱しているだけなのか。彼らの視線がやけに熱く感じるのも、きっとそうだ。

いまだってアー種の夫へ尽くせと言われてこんな姿になっているのだ。自分が彼らに好感を持つ日が来るとは思えない。

だが、自分を苛みはするが傷つける存在ではないことは、彼らが触れる指の優しさが証明していた。

「お前のワイン、もらうぞ」

耐えきれなくなった史三が腰を上げ、晶の近くへ寄る。その瞳はグラスに残ったワインではなく、口元から垂れたままの紫の雫へ向けられていた。

唇へ深く舌を挿し込まれ、ずずっと唾液をすすられる。いったん離れた舌先は、鎖骨の窪みで小さな流れを作っていたワインを舐め上げた。そのまま胸の先をじゅっと吸い、舌先でちろちろと舐めしゃぶる。

男の上に乗り、別の男に胸を嬲られ、それを三人目の男から見られている。そんな裸身を夕陽が赤く照らす。

「あぁっ、はっ……ん……」

胸先の刺激ははじめこそくすぐったかったが、次第に熾火のような熱が灯り始める。胸を反らして逃れようとすると、柾一郎が背後から優しくその身を抱き締めた。

「史三、それくらいにしろ。まだメインも食べていない」

「そうだね、兄様。本当のメインにはまだ早い」

窓際の晶が座っていた椅子を上座近くまで寄せ、腰を下ろした史三は、まだ自分の唾液で濡れている花嫁の口元へ、スープの入った匙を運ぶ。

「あーちゃん、それじゃ自分で飲めないだろ。ほら」

晶は浅い息を吐きながら左右へ頭を振る。

「の、飲めるわけがないだろ……」

残念だなと呟き、差し出したスープを史三が己の口へ運んだ。

弐知弥は黙したまま、強いまなざしを晶へ向ける。恐る恐る見れば、弐知弥の舌がゆっくりと己の唇を舐めた。それは食事とは違う意味に見える。

――三人はこうして私を嬲りたいだけだ。彼らを嫌う私への嫌がらせなんだ。

晶は顔を背け、向けられる視線から逃れる。嬲られているのに、愛でられていると勘違いしそうになる己を、唇を嚙んで戒めた。

昨夜、嚙み締めすぎて傷ついた晶の唇は、それから二人に代わる代わる接吻され、ずくずくと疼きを増していく。

「うちの料理人の腕は一流だ。そういえば、私が昼に君へ運んだサンドイッチ、乾いて戻ってきたとコックが肩を落としていたぞ」

交わっている最中だとは思えぬ静かな声音は柾一郎だ。あのサンドイッチは柾一郎が直々に運んできてくれたものだった。コックには幾分申し訳なく思う。

「……すみません、体調がすぐれなかったもので」

言外にあなたたちのせいだと匂わせる。

「その割には脱走を試みたそうじゃないか。お仕置きも受けたそうだね」

「それのあと、俺が風呂に入れようとしたら逃げられた。この年でかくれんぼする羽目になるとはね」

史三が片頬を緩ませ、柾一郎へ伝える。得意げな様子から彼がそれを楽しんだのがわかり、弐知弥も意味深な笑みを浮かべた。

「捕まえた鬼はご褒美をもらえたのだろう？」

晶の耳元から発せられる声もまた楽しげだ。兄弟の団らんとも思えるやり取りが、全裸の自分を間に置いて行われているのが異様で、なんという家に嫁いでしまったのかと晶は胸のうちで嘆く。

「まあね。今日は俺を全部咥えてくれた」

「どうりで上手に私に座ったと思った。たった二日でよくここまで進歩したな。さすが私たちのオメガだ。弐知弥、彼へスープを」

「ええ、兄さん」

スープを弐知弥は口に含み、晶の顎を掴んで振り向かせると、唇を合わせた。口移しで口中へ注ぎ入まれる。

「う……んっ……」

テールスープの旨味（うまみ）が口腔内に広がる。尻で別の男の熱を感じつつ、喉を鳴らして飲み込むと、飲ませた本人は嬉しそうに微笑む。

「上手に飲めたね」

「次はステーキだ」

今度は史三がビーフステーキをひと口大に切り分ける。たっぷりとソースを纏ったそれをフォークに突き刺し、唇に押し当てた。仕方なく食べれば、史三もまた実に嬉しげな笑みを浮かべた。

彼らは自分の皿を晶と共有するのが楽しいのか、自分がひと口食べるごとに、猫かなにかに餌付（えづ）けでもするように晶へ料理を差し出した。

柾一郎はそれを邪魔することなく、動かずに黙ってワインを飲んでいる。

兄弟から次々と差し出される料理が食べきれなくなると、彼らはわざと晶の胸へソース

を滴らせ、それをフォークの背で胸の先へ塗った。刺激を受け、柔らかかった乳頭が硬く立ち上がる。

そこを四つに分かれたフォークの枝で挟んだり、たわんだ背でそっと潰し、嬲る。

柾一郎に腕ごと胴を抱き締められ、振り払う手を封じられてしまえば、耐えるか喘(あえ)ぐしかできない。

「やっ……あ、遊ばないでください……、ふみ、やだ……」

バターの混じったソースでてらてらと光る乳首に見入っていた弐知弥が、なんてうまそうなんだと感嘆の呟きを漏らす。

「兄様、そろそろ……」

史三の催促に、柾一郎がおもむろに晶の細腰を摑んだ。ぐっと腹筋に力がこもり、ゆっくりと突き上げが始まる。

「は、んぁっ……」

浅いところを素早く抜き差しされ、最後に背後からぎゅっと引き寄せられれば、じわじわと奥へ屹立(きつりつ)が入り込む。尻たぶが自分を苛む男の肌に密着した。尻の内と外から男の体温を感じる。

痛みとは違うものの、腹をかき回される苦しさに顔が歪んだ。その苦しさの中にどろりと凝(こご)った熱が生まれる。

「あふっ……ぁっ……あぁぁ……」

堪えても身体は快感を拾っていく。

「確かに、昨日より奥まで受け入れてくれるぞ。さあ、テーブルに手をついてごらん」

促されるまま晶は目前の、晩餐の皿が並んだテーブルの縁へ手をつく。

繋がった身体ごと立ち上がった柾一郎が、晶を足を開いたまま立たせ、腰を摑んで尻を穿ち始める。脚の長さの差だけ持ち上げられ、つま先が宙に浮く。

「はぁっ……んんっ……」

ひと突きされるたびに、火花のような衝撃が体内を走る。抗えない気持ちよさに晶が顔を歪めるのを、行儀正しくテーブルにつき、ブラックタイを締めた弐知弥と史三から間近で凝視される。二人の前には生クリームが添えられた水菓子が置かれているが、匙を持つ手は止まっていた。

「君の尻に私の陰毛が触れているのを感じるか？　これが私のものが最後まで入っているしるしだ。上手に咥えているな」

さわさわと尻たぶに触れる陰毛に、犯されているのを実感した。男が腰を入れるたび、より根元を食ませられた縁がさらにぴんと伸びる。

「だ、め……こわい、もう奥にいれないで……おねがいです」

足が空しく宙を蹴る。腕の力だけで身体を逃がした。自分を犯す男を振り返れば、柾一郎の瞳は沈んでいく夕陽を赤々と反射し、人間離れした迫力を見せている。興奮をなだめようと何度も息を吐く様子から、彼がこの身体から快楽を得ているのだとわかった。

「君はどこもかしこも魅力的だな。この私も衝動を堪えるのが苦しいほどだ」

「晶、僕たちは気持ちいいことしかしない。安心して僕たちに身を任せるんだ」

弐知弥に差し出された匙には生クリームが載っている。拒否して口を噤めば、その唇へクリームを塗られた。

顎を摑まれ、大きく開いた弐知弥の唇が晶の小さな顔を食らうがごとく迫る。顎の先から鼻までべろりと舐められ、噤んだ唇の狭間に太い舌をねじ込まれる。

「っ……ん、んーーーっ！」

喉の奥で上げた抗議に、やっと呼吸を許される。その間も、柾一郎はずんずんと一定の律動で晶を穿ち続ける。

「俺はどうするかな」

思案した素振りの史三には、匙の先でかりかりと乳首を嬲られていた。テーブルに肘をつき、苛まれる晶の表情を見上げているのが憎らしい。

「史三のばか、へんたいっ！」

弐知弥の唇から逃れた晶が思わす悪態をつくと、柾一郎が動きを止めた。

「史三相手には素直になるのか」

「二人は同級生だからね。尻をほぐしてもらうために史三に舐められているときも、なんだかんだ親しげな口ぶりで、僕も妬いてしまったよ」

「仲良くなんか、ありませんから……」

頬を撫でる大きな手は弐知弥のものだ。彼を見上げると、優しく微笑まれる。

「そんなところも晶は可愛いな」

「床に膝をついてお前に尽くすのはたまらなく興奮したな。またさせてくれ」

機嫌のよい史三の声に妙な羞恥を感じる。振り返ることも言い返すこともできず、晶は押し黙る。それを見た長兄がにやりと笑う。

「その方が晶君も興奮してくれるようだ」

「じゃあさっそく」

史三は水菓子に添えられた生クリームを口に入れると、テーブルの下をくぐり、柾一郎の椅子の前に顔を出す。薄く色づいた茎の根をつまみ、角度を変える。

ひやりと濡れた感触が股間を覆う。びくっと腰を引き、尻に埋められていた柾一郎をつい食い絞めた。

陰茎を咥えられる。テーブルの下で床へ膝をつき、顔を上げて先端から根元まで一気にしゃぶる史三の姿が目に浮かぶ。口中の生クリームを塗りつけるように舌をひらめかせられ、勃ち上がっていた晶の雄はより硬く充溢していく。

「あ、ふ……んん……」

勃起とともに引き締まった袋もしゃぶられ、白いクリームが薄い陰毛に絡みついていくのを想像した。

「あーちゃん、おいしいよ」

うっとりとした声が聞こえた。ふるりと身体が震え、腰の深いところが熱く疼く。

「なんてことだ。締まってうねって、尻でしゃぶられているようだ。史三の愛撫に悦んでいるのか」

成果を喜んだのか、テーブル下の男は陰嚢に舌を這わせながら、クリームでぬめった竿を扱く。

「や……いわないで……」

「中の動きでわかるさ。私に指摘されるのもイイのかい？　私もイイよ」

突き上げる腰の動きが速くなっていく。晶の腰を摑んでいた右手が尻たぶを摑む。指が沈むほどの強さで摑まれ、尻を揺さぶられた。

「ああ、君は素晴らしいね。本当に憶えがいい」

「早く僕も晶に入りたいよ」

上擦った声の弐知弥が赤みを帯びた小さな乳首をつまみ、指の腹で転がす。

「ああ……」

胸先からびりびりとした衝撃が走り、腹の奥を痺れさせる。

「尻が潤んですさまじいな。バターと混じったものが垂れて、私の股間もびしょびしょだ」

たまらないと柾一郎は呻く。弐知弥の瞳が夕陽の赤を反射し、ぎらりと輝いた。

「オメガの身体も気持ちがいいと言っている証拠だね。よかったねぇ晶。気持ちいいだろう？」

男たちが晶を貪る。

史三が晶の陰茎を喉深く咥えた。顔を前後に動かし、唇で扱く。先端からあふれるものをすすられたとき、晶は鵜川家に来て初めて達した。

「いい……あぁ、あん……」

史三に股間の白濁を舐められる。

「いやらしい声だ」

柾一郎が堪えた声で晶を褒め、ひと際激しく尻の窄まりを突かれた。みっしりと咥え込まされたものが、重たげな腰の動きで押し込まれる。太い楔はびくびくと中で拍動し、果てた。

夕陽が沈むと、日光室は薄闇に沈んだ。

シャンデリアの電灯を点けようとした史三へ、柾一郎がそれでは明るすぎると難を示すと、代わりにランプが灯された。

金具がカーテンレールを滑る音が新たな始まりを知らせる。窓布(カーテン)を閉めきった弐知弥がタイを抜いた。

「やっと僕の番だよ」

シャツを脱ぎ捨てた逞しい身体が、橙(だいだい)の光に照らされる。息を切らした晶は、熱で痺れた頭でぼんやりと見遣る。

弐知弥はてきぱきと料理の載った皿を晶から離れたところへ移動させ、兄へ視線で交代を促した。

柾一郎にずるりと抜かれ、テーブルに寄りかかるように立たされる。中へ放たれた白濁が零れそうになる前に、ずぶりと新たな熱塊が嵌められる。

「う、あぁ……」

「ほんとだ、ぐちょぐちょだな」

温度も感触も違う。しかし、兄と同じ凶暴さを孕んだものが、同じ場所を貫いていく。どこまでも沈もうとする男根から逃げるため、晶はちょっとでも遠くへ逃げようと上半身を伸ばした。

「せんぱ、い……ふ、深くしないで、くだ……さい」

「晶のここ、すごく熱いな。僕も中にいっぱい出してあげよう。まずはこのまま仰向(あおむ)けになろうか」

上半身をすっかりテーブルの天板に乗せられる。華奢(きやしや)な腰を抱えた手が、次にほっそりとした脚を持ち上げ、仰向けにぐるりと反転させる。ずっぷりと食まされた陽物が、柔らかな粘膜を擦った。

甘い痺れに晶は声を詰まらせる。これからより一層快感が与えられるのだと、内側が期待でヒクついた。

「いくぞ」

大きな手がテーブルからはみ出た尻を摑んで引き寄せる。弐知弥は突き出した己の股間に、音を立てて打ちつけた。それは柾一郎にされたときより、また一歩奥を暴いた。

「や、せんぱい……おく、やぁっ……」

「だんだん中が柔らかくなっているね。ああ……晶、昼よりずっと上手く僕を咥えているじゃないか」

「あーちゃん、気持ちいいんだろ？　また、ここ舐めてやろうか？」

間近の席で足を組んで座っていた史三が身を乗り出す。穿たれるたびに揺れるそこは再び頭をもたげ始めている。するりと撫でられ、無理だと晶は頭を振る。

「いや、史三くん……しちゃだめ」

「嫌ならしない。かわりに接吻(キッス)しよう」

上から史三の顔が下りてくる。唇を深く合わせた。史三は奥に逃げる舌を追いながら、己の滾った股間へ白く薄い手を導く。直接握ってとせがみながら、晶の手のひらへ熱い肉茎を押し当てた。

執拗な唇から逃げれば、舌は赤らんだ首筋を熱心に這った。晶は摑まされた手のひらの中の熱を握り、絶え間なく送り込まれる弐知弥からの快感を伝える。

頭の上では、銀食器がカチカチと鳴っている。見上げれば、席を移った柾一郎が揺れるテーブルの上に置かれた皿から、澄ました顔でスープを飲んでいた。

雄の動きで小刻みに震える皿から器用にメインを食べる手つきは見事で、晶が見ているのに気づくと、目元を和ませる。

「今夜の晩餐は最高だ」

よそ見を責めるように鼻息を荒くした史三に、胸先をむしゃぶりつかれる。ジュジュッと唾液をすする下卑た音が立つ。

弐知弥が持たないと呟き、細作りの薄い身体を小刻みに揺する。合間に強く穿たれ、その拍子に乳首に吸いついていた唇が離れた。

低い唸り声を上げる弐知弥に、べったりと濡れた陰毛を尻に押しつけられる。空中に放り投げられるのに似た心もとなさとともに、強烈な快感が全身を駆け巡った。

――もう、だめだ。

頑なに突っ張っていた心がへし折れる。

「俺も、いいよな？」

熱っぽい声で囁いた史三が、残っていたバターを指で掬い、雑に自身へすり込む。

どくどくと温い精を尻の中へ吐き出されながら、晶は好きにしろと呟いた。

中学へ入学した第一日目、晶は多くの新入生同様、期待と不安を胸に抱えていた。

華族の多い三田の中学には、両親のつき合いで見知った同じ華族の子息や、小学校をともにした者もいる。

それでも不安だった。

幼い頃から美しいといわれてきた己の容姿が、年を経るごとに常人には及ばぬ妖艶さを滲ませ始めていたからだ。

おそらく自分はオメガ種だ。発情が起こるまでは断定できないが、両親からもその心づもりをしておくよう言い含められている。

誘惑香を感じないベー種には、発情中のオメガは見目のよい色馬鹿に見える。その上、アー種に限定されているとはいえ一族共有の妻としての歪な立場が加わり、オメガ種はふしだらな存在だと貶める風潮が定着している。

そんなオメガの特徴を持つ自分に、友人になってくれる者はいるだろうか。

俯いて座る晶へ最初に声をかけてくれたのは、忠典だった。

「やあ、僕は成島忠典。同じ組だね。これから一年よろしく」

落ち着いた声に顔を上げれば、一重の涼しげな目元を細めて晶に微笑みかける彼がいた。眉にかかる黒髪はまっすぐで、いま思えば彼の気性そのままだった。

新政府はアー種を見つけるための判定試験をすべての国民に義務づけている。

公爵家の一員である彼の周りには取り巻きが多かった。そのうちの一人が、彼が中学入学前に医者からアー種の判定を受けたと教えてくれた。

成島家では代々アー種が当主を務めており、彼はベー種の兄たちを飛び越し、父である公爵から後継ぎの指名を受け、継嗣となったばかりなのだそうだ。

華族の上にアー種なら、多少驕りが出ても不思議ではない。いかにもオメガと判じられそうな相手ならばなおさらだ。

しかし、忠典は晶を特別親しい友人として扱いこそすれ、バース性の話題自体控え、配慮までしてくれた。

おっとりとした上品さの反面、宿題を仲間から写して誤魔化そうとする者には友人であろうと糾弾する強い面もあった。不正を良しとしない潔さは上に立つ者として理想的だった。

忠典を眩しい気持ちで見つめるうち、いつしか晶の胸には友人以上の感情が生まれていた。

周囲も華族の子息同士の友情を見守る風潮があったが、そんな二人だけの空間をいつも壊すのが平民の鵡川史三だった。飛び級で入った年下の同級生から晶がやけに懐かれてしまったのだ。

彼もまたアー種で、独特の濃い存在感を持っていた。いま思えば、あれがアー種特有の気配だったのだろう。両親から念のためアー種には近寄らぬよう言い含められていたが、忠典と一緒にいても困ったことになっていないのだから、大丈夫だと重く受け止めなかった。

「あーちゃん、おはよう！」

背後から飛びつかれる。幼子のような呼び方をするのは、晶より頭ひとつ小さい史三だ。こちらを見上げる彼は無邪気な笑みを見せる。

「史三くん、びっくりしてしまうよ！　ここには忠典さまもいらっしゃるんだ。皆さまおはようございますと、そう声をかけてくれよ」

「でも、平民は勝手に華族さまに話しかけてはいけないって。忠典さまも俺の礼儀がなってないから困ってるって忠典さまの取り巻き――ご友人の皆さんが俺を囲んで怒るから」

忠典の方を見れば、確かに言ったと簡潔に認めた。

華族の中でも身分の高い者が話しかけるまで、低い身分の者はみだりに声をかけるべきではないと言われている。しかし、平民と華族がともに机を並べる場で杓子定規に言い立てるのもどうか。特に今は平民のアー種による事業があちこちで成功し、財を成す者も増えている。

やりすぎではと思ったが、子爵家の晶が公爵家の忠典へ意見するのが憚られるのも事実だ。

「あーちゃんは華族さまだけど、俺の友だちだろ？　友だちならいいよね？」

忠典お気に入りの晶にたびたび絡んでくる史三は、忠典をはじめとする華族たち子息にぞんざいに扱われ、嫌みや八つ当たりもよく受けていた。そんな史三を晶は不憫に思い、なにかと気にかけては、それをまた忠典が不満がる図式が多かった。

オメガ種であろう自分がアー種の同級生をかばうことに、小さな喜びがあったのは否めない。もっともそれは忠典のお気に入りであったからこそ可能だったのだが、それでも誰かを守れる自分が誇らしかった。

「そうだね。私は史三くんの友人だ」

やったと叫んで晶へ抱きついた史三へ、忠典が冷めた目を向ける。

「饗庭子爵家の嫡男に対し、成金商人の三男が馴れ馴れしい」

呟かれた言い回しは、これまでも忠典から度々聞いている。史三は財閥と言っていいほど大きな財を成した実業家の三男だが、高位華族からしたらあくまで平民でしかない。空気を読まずに晶との二人きりの時間を妨げる史三を忠典は疎ましがり、嫌っていた。

それでも史三の態度は変わらない。晶からしたら羨ましいくらいの逞しさだが、忠典やその友人たちには図々しい不届き者だと思われているに違いない。

「あーちゃんは綺麗でいい匂いがするね。もしかして、オメガなの？」

そう史三に指摘され、思わず頬が引き攣った。

「オメガ種であろうとなかろうと彼は彼だ。それともアー種の君はいまから相手探しか？サカりたいなら学校の外でしろ。ここは学びの場だ」

忠典が毅然(きぜん)とした態度でたしなめる。さすがに史三も己の非に気づき、頭を下げてくれた。

「オメガは立場の難しい種だからね。もしも発情が起こったなら、私はもう学校には行けないな。発情を迎えたオメガは就学できないから」

若いオメガは発情周期が安定するまで、精通を迎えたアー種を惑わさぬよう、外出が制限される。

「ごめんなさい。俺、軽率だった」

「晶君を傷つける奴は許さん。いますぐ私たちの前から消えろ」

「忠典さま、お気遣いありがとうございます。史三くんに悪気はありませんでした。この場は私に免じてお許しください」

周りに誰もいない二人きりのときでよかった。他の友人たちがいれば、忠典の言葉尻に乗って激昂していただろう。

「あーちゃん、本当にごめんね」

しょんぼりと肩を落とした史三へ、「いいよ」と許しを与えてやるべきなのはわかっていたが、言葉が出なかった。オメガは卑しいものだと認めてしまうみたいで、もやもやとした戸惑いが後を引いていた。

「……二度はないぞ」

代わりに謝罪を受け入れてくれた忠典に晶は胸を撫で下ろす。史三への態度は厳しいが芯は優しい方だ。

――それにオメガ種かどうかにかかわらず、私は私だと言ってくれた。なんてお優しい方なのか。

忠典へ抱いていた友人以上の気持ちが、はっきりとした恋心に変わった瞬間だった。

しばらくして、忠典から庭球部に一緒に入らないかと誘われ、一も二もなく頷いた。入部した先には、一学年上で史三の二番目の兄である弐知弥が在籍しており、晶を気に入ってよく面倒を見てくれた。

自分ではなく、晶に先に声をかける弐知弥に忠典は不満な様子だったが、先輩といえども公爵家の方に平民から話しかけられないのは当然だと説明すると、子爵家のお前だって華族ではないかと怒っていた。

さらに晶を追いかけて史三まで庭球部に入り、すっかり嫌気がさした忠典は、部活動を休みがちになった。

史三から引(ひ)っ掻(か)き回されるのを、忠典は嫌がる。公爵家の人間が平民と肩を並べて談笑する方が普通じゃないから、その態度は当たり前だ。けれど史三は平然と自分に話してくるから、間に挟まれた晶は困ってしまった。

結局、忠典は別の部へ移った。親友である晶も一緒に退部すると思っていたらしい。晶がそのまま庭球部に残ったことで、ますますヘソを曲げてしまった。

その頃には先輩の弐知弥から庭球の面白さを教えられていた晶は、忠典を不機嫌にさせたとしても続けたい気持ちになっていた。彼なら、自分の勝手を許してくれるだろうと高を括(くく)っていた部分もあった。

それに饗庭の父からは、一度心に決めた物事をすぐに変えるのは、思慮が足りぬせいだと常々諭されていた。部を変えては父に叱られると忠典に言い訳をし、なんとか機嫌を直してもらった。

不貞腐れる忠典の姿は、晶の胸を甘くくすぐったい気持ちにさせた。

──周囲にはいつも公爵家らしい尊大な態度を取るくせに、私には子どものごとく不満を表しなさる。心を許してくださっているんだ。

はっきりと忠典への恋心を自覚していた晶は、部活のある放課後以外はできるだけ忠典の近くに控えた。

一緒に廊下を歩くときはわざと少し遅れて歩いた。

毅然と顔を上げて歩く姿を見ては、ひっそりと嘆息した。彼に恋をしている自分に、なんともいえない高揚を感じていた。

史三への風当たりは強いままだった。周囲の友人は子爵家嫡男相手にあだ名で呼ぶとは失礼だと腹を立てていたが、学期の後半になると、自分もあーちゃんと呼びたいが駄目だろうかと打診されたのはおかしかった。

もちろん了承したが、当然のように忠典に睨まれた。史三と違って心臓に毛が生えていない彼らは結局あだ名で誰も呼べず終いだったが、それもまた晶には楽しい思い出のひとつだ。

晶にとってこうした半年ちょっとの中学生活は、十年以上にわたる、外に出られぬ不自由な日々の支えになっていた。

――初恋の旧友――

日光室で行われた淫猥な晩餐の翌日から、洋館に使用人たちが戻ってきた。花嫁と水入らずになりたい夫たちから人払いされていたらしい。

饗庭家から連れてきた女中のハナからは、一番に身体の心配をされた。慣れない行為は晶の身体に気怠い疲れを残していたが、痛みもなければ食欲もあると答えたら胸を撫で下ろしていた。

鵡川家の女中たちの着物は黒い木綿でそろえられている。どうやらハナにも支給されたらしい。ざっくりとした黒木綿の小袖をたすき掛けにしたハナは、不在だった二日を取り戻そうと目まぐるしく働いてくれた。

今朝まで屋敷の主人である柾一郎から洋館へ誰も足を踏み入れぬよう命令があった上に、出入口には見張り役まで置かれたそうだ。どうにもならなかったと嘆きながら、彼女は饗庭家から持ってきた身の回りの道具をせっせと運び入れ、整えてくれた。

与えられた部屋は二間続きの部屋だけかと思ったが、ハナいわく衣裳部屋はまた別にあり、三階はすべて晶のために用意されているという。夫たち三人は広い本邸の他にこちらにも部屋があるが、晶が希望するなら二階も自由にしていいそうで、あっけに取られてしまった。鵡川の財力は相当なものらしい。

ハナの手を借り、持参してきた紗の和服に着替える。薄水色の風通しのよい布地は気に入っており、それより少し濃いみ空色の羽織を合わせた。

オメガだと正式に判定されてからずっと仕えてくれているハナがそばにいると、馴染みのない場所で慣れぬアー種たちに囲まれていた心細さが薄れた。

自室で昼食を取り、午後のお茶も室内で取る。こもってばかりの生活だったせいか、庭に出てよいと言われても、なんだか不安で行けなかった。

「鵜川家の口利きで饗庭の縫製工場に大口の仕事が決まったそうです。晶様のおかげですね」

丸髷に質素な櫛を挿したハナからの知らせに、晶はほっと息をつく。ハナは娘時代に一度結婚をしたが、上手く行かなかったのだそうだ。三十半ばのいまも、後妻にどうかと時折見合いの話が舞い込むが、本人は一生晶に仕えると言ってくれている。

発情中はみっともなくて親にも会えない。そんなときに頼りにできるのはハナだけだ。

「しかし、父上はご自分を責めておいでだろうね。おしどり夫婦を自称するほど仲のよい母上から、借金のカタに子を売るなんて人でなしだと詰られておいでだったから」

「祝言のあと、こちらのお屋敷から送りの馬車に乗り込まれた際も、奥様は涙ぐんでおいでででした」

二人でしんみりとしていると、ドアがノックされた。

晶の応えに部屋へ顔を出したのは柾一郎だ。朝食は自分の部屋で取った晶は、三人の夫たちはそれぞれ仕事へ出たと聞いていたから、在宅だったことに少し驚く。

「柾一郎様、今日はお仕事に行かれたのでは？」

「実は昨日、成島公爵家の忠典殿から今日こちらへ伺いたいと手紙があった。その用を済ませたらまた戻る」

意外な来客の名に、晶は目を瞠った。驚きと歓喜で頰がさっと紅潮する。

「忠典様が⁉　どうしてこちらへ？　待ってください、いま今日っておっしゃいました？　もしかしてもういらっしゃっているのですか？」

沸き立つ興奮にとめどなく言葉が口をつく。

「先ほどお一人でいらっしゃった。応接間でお待ちになってもらっている」

「どうしよう！　ハナ、この格好で変じゃないだろうか？」

くるりとハナへ身体を向け、狼狽える。

「よくお似合いでございます。お気になるようでしたら、こちらにもう少し落ち着いた色合いの羽織がございます」

「それにしよう」

喜びで口元を緩ませながら女中に羽織を替えてもらう晶を、柾一郎は物言いたげに見遣る。

「……そんなに嬉しいか？　君たちが学生時代親しかったとは聞いているが」

「十一年ぶりですから。それに饗庭の家にいるときは身内以外の方からの訪問はお断りしていたんです」

「そういえば私たちも見合いの日まで一度も饗庭子爵からご許可いただけなかったな」

面白くない記憶なのか、太い眉がわずかに寄せられる。

「華族のオメガは珍しいのもあって、強引な結婚の申し入れが多かったのです。特に成島公爵様は強引でいらっしゃったので、父は警戒していました。どなたとも会わないことにしなければ、角が立つからと」

子である忠典の妻という体ではあったが、自身もアー種の公爵は自分の子も孕ませたいと他所で吹聴していたらしい。それを耳にした饗庭子爵は、子が可愛いだけの親馬鹿なふりを装い、晶はどこにも嫁がせないし誰にも会わせないと言ってくれた。

事業の採算が悪化するまでの十一年、外界から守ってもらえたのは父のおかげだ。

「その噂は聞いている。君へ訪問を伝えなかったのは、公爵殿がご一緒なら仮病を使わせようと思っていたからだが、幸い忠典殿はお一人でお越しだ」

「ではお会いしてもよろしいのですね？」

「君は私の大切な妻だ。夫同伴は譲れない」

「もちろんです！」

部屋から出ようとすると、入口で抱き寄せられる。

「身体は大丈夫か？　痛むところはあるか？」

「……ご心配無用です」

晶は消え入りそうな声で答える。

「そうか。では行く前に、保険をかけるか」

晶の首の後ろへ手を回した柾一郎が、白い首筋に唇を寄せる。

「こんなときに、もうっ、なにをなさるのですか！」

うなじへ吸いつこうとする相手を腕で押し返す。片眉をひょいと上げた柾一郎は、晶の抵抗を楽しんでいる。

「だから保険だ。万が一にも手を出されぬよう、首に吸い痕(あと)を作る」

「いやです！　あっ、も……いや、いやと言っております！　おふざけにならないでください！」

十一年ぶりに会う旧友が階下にいるのにすぐに行かせてくれないのは、それだけ安く踏まれ、軽んじられているせいかと物憂い気持ちに襲われる。

――鵜川家の嫁になると納得していないと言った私への嫌がらせなのか。

昨夜は言われた通り三人の夫を相手し、妻の務めを果たした。これ以上ないほど支配しただろうに、なにが不満なのか。

「放してくださいっ、友人に会わせる気がないならもう結構です。閉じ込められるのには慣れています。どうせ、私はあなた方に従属するしかありませんから！」

悔しさに涙を浮かべて部屋に戻ろうとすると、引き留められる。

「そんなつもりはない。傷つけたなら謝ろう。……私へ最初に見せた笑顔が忠典殿の来訪のせいだったのが、面白くなかったのだ」

「柾一郎様だけでなく、鵜川に来てから私は一度も笑っていません。実際ここに来てから初めて笑顔になりました」

「……そんなに辛いか？」

「あなた方が笑えと言うなら笑いますよ。実家への援助の代わりに売られた身ですから」

三人がかりであんな交わりをさせておいて、今度は笑わぬのが気に食わないとでも言うのか。晶は頭ひとつ高い柾一郎を睨み上げる。また嫌われることを口にしてしまった。

気に障ったのか、柾一郎は苛立ちを押し出すように大きく息を吐く。

「仕方ない、吸い痕は見えないところにつけてやる。だが、代わりに私の願いをあとで聞いてくれるならばだが」

耳元で囁かれた内容の不埒（ふらち）さに、晶は両手で顔を覆った。

「なっ……破廉恥です！　絶対やりませんから！」

だからなんだとばかりに、柾一郎は約束できぬなら吸い痕を見える場所につけさせろと迫る。

困った晶がハナを見れば、使用人は空気になるとばかりに、面を下げたまま静かに隣室へ続く扉の向こうへ下がっていく。

「どうする？」

柾一郎の太い指先が襟の内側へ挿し込まれる。肌を指の腹で擦られると、くすぐったさの中にむずむずとした感覚が生まれた。

「……わかりました。いつかそのうちに……あぁん……もうっ」

うなじの下をちろりと舐められてしまい、乱れた襟をハナに直してもらわねばならなかった。


満足げな柾一郎とともに応接間へ行けば、青年期に達した忠典がいた。同じだった身長は少し追い抜かされていた。鵜川家の兄弟たちよりも肉の薄い体つきは威圧感がなく、顔立ちも少年時代の面影を残している。なにより涼しい一重の目元は記憶のままだ。

こちらを見た忠典は目を瞠ってぽかんと呆けていたが、柾一郎に促され、はたと我に返る。

「みっともないところをお見せしてしまい、お恥ずかしい。晶君が一層美しくなられて驚いてしまいました」

忠典は挨拶を交わすと、急な訪問になった非礼を詫びた。

「昨日の今日でいきなり訪問をお願いしたにもかかわらず、ご快諾くださり感謝申し上げます。晶君、君の元気そうな顔を見られて嬉しいよ。ひと言お祝いを言いたくてね」

晶は新鮮な気持ちで変声を終えた忠典の声に耳を傾ける。

「忠典様、お久しぶりでございます」

記憶と変わらぬ穏やかな笑みを返され、初恋のときめきを思い出した晶の頬は桜色へ染まる。それを見た忠典がまたもや晶に見惚れてしまい、時を止められたかのように動かなくなったが、柾一郎が咳払いとともに着席を促して正気に返らせる。

晶も忠典の向かいに柾一郎と並んで腰を下ろす。女中が茶請けの焼菓子と一緒に紅茶を運んだ。

「晶君、結婚おめでとう。友人として君が素晴らしいアー種たちと結ばれて安堵しているよ。大切なオメガ種の妻を他の男に見せたくなかっただろうに、男爵殿をはじめとした御夫君方には無理を聞いていただき、申し訳ない」

「お会いできて嬉しいです」

短い言葉ながら情感たっぷりに応え、微笑む。一瞬合った視線がぎこちなく逸らされた。

「なんというか、私はオメガ種には慣れているつもりだったが、どうも君は特別だね。中学時代の面影もあるし、私も友人として君を見ているつもりが、気がつくと放心させられている」

困り顔で苦笑する。晶を見慣れぬ人間は大なり小なり同じ行動に陥る場合が多かった。

「慣れていますから平気です」

気にしていないと言ったつもりが、また忠典に苦笑されてしまう。柾一郎からはじろりと怖い目を向けられ、余計な発言だったろうかと思ったが、なにが悪いのか晶にはわからなかった。

晶と忠典は思い出話に花を咲かせた。それを柾一郎は静かに聞いている。

話は盛り上がり、空になったカップへ産地の違う紅茶を新たに淹れてもらう。

「私が中学で過ごした最後の日、芝居に誘ってくださいましたね。お約束したのに守れず、ずっと残念に思っておりました」

父兄参観があったあの日だ。明日の休みに芝居見物へ一緒に行かないかと誘われた。胸を高鳴らせて頷いたあの日の自分は、初恋の只中にあった。

叶わなかった恋は長く孤独な年月の中でとうに諦めたが、甘酸っぱい感情はそう簡単に忘れられるものではない。

三人分の濃いアー種の気配を受けた晶は、それから間もなく体調に異変を感じて早退し、そのまま発情を迎えてしまった。オメガと確定してしまったからには、もう学校にはいられない。二度と会えぬまま退学しなければならなかった。

「憶えていますよ。翌日が休みで、一緒に行こうと——。晶君の美しさを思えばオメガなのは当然だったでしょうが、大抵のオメガのように、せめて中学の間はともに過ごせると思っていました。かなり早い発情に、晶君がどんな気持ちでいるか私もずっと気がかりでした」

発情のきっかけを知らぬ忠典は残念そうに言う。

「忠典様とのお約束、私も本当に果たしたかった……」

発情の熱にうなされながらもう二度と学校へ行けないことを察していた晶は、淡い恋の思い出さえ作るなと突き飛ばされたような絶望感に打ちひしがれていた。

あの三人に出会わなければ、廊下で立ち止まらなければ。風邪でも引いて学校を休んでいたら。あの日さえやり過ごせていたら十八まで発情しなかったかもしれないと思うと、いまでも悔しさが募る。

——初恋の人と街を歩きたかった。三田から芝公園を抜けて銀座へ出るのを何度夢想したか。思い出を作れなかったから三人を恨んでいるなんて、彼らが聞いたらくだらないと笑うだろうか。

それでも恨めしいのだと、晶はそっとこぶしを握る。

華族の自分はオメガの中でも恵まれている。閉じ籠もる屋敷は庶民の家よりずっと広いし、面倒を見てくれる女中もつけてもらえた。衣食住に困らぬ生活だったが、それでも軟禁に近い毎日は息苦しい。外での楽しかった思い出を夢に見た日は嬉しくて、ハナに笑顔で話した。

――このみじめさと悔しさはきっと誰にもわかってもらえない。

「手紙だけでも書けたらよかったのですが、オメガの方へ手紙を書くのは求愛の印とされていますから、立場のある者ほど書けません。禁を破る勇気が私にはありませんでした」

「父も縁談が殺到したのに嫌気がさして、一切の手紙を断ってしまったので、どちらにせよ私の元へは届かなかったでしょう」

晶もまた無沙汰を責めるつもりはなかった。致し方ないことだったと、二人でしんみり息をつく。そこで柾一郎が口を開いた。

「先天的に決まるバース性は、おのおのが持つ運命の一部です。その運命をどう受け止め、生きるか。その生き方の美しい者に人は惹かれる。そういった意味では、二人ともこれからではありませんか」

まだ会って間もない柾一郎と自分では、生き方がどうかなど互いに知らない。中学のほんの一時期しかともにしなかった弐知弥や史三とだって似たようなものだ。柾一郎の言葉はあくまで互いにアー種である忠典へ対して向けられている気がした。

そう思うと少しだけ疎外感を抱いた。オメガの自分がいまさらなにを勘違いしたのかと、顔を俯け、ひっそりと口端を歪める。

――私は毛並みのいいオメガだから求められただけだ。柾一郎様のお話は私には遠い話、にこにこ黙っていればそれでいい。

晶は話題に取り残された寂しさを紛らわそうと、ティーカップを手の中で遊ばせた。

一方の忠典は感じるところがあるのか難しい顔で頷き、柾一郎へ問いかける。

「ご兄弟の皆さんは三人ともアー種でいらっしゃいましたね。えー、その、やはりオメガ種を前にすればアー種は……その、発情期でなくともアレです、よね？」

歯切れの悪い口調は忠典らしくない。曖昧な質問に柾一郎も困惑の表情を浮かべたが、丁寧に答える。

「ベー種たちの間では、アー種はオメガ種を前にすればすぐさま興奮して襲ってしまうと思い込んでいる者が多いようですが、発情期でもない限りそんな衝動はありません。あったとしても香り程度ですから」

「……ええ、そうですよね……」

頷く忠典はどこかぎこちない。

「こちらでは彼はまだ発情周期を迎えていませんので誘惑香は感じませんが、普段からは好ましい――体臭と言いますか、よい香りを感じます。ですが、他のオメガではこうまでかぐわしいとは思いませんよ」

自分以外のオメガと知り合いならば、友人として紹介してもらいたいと晶は柾一郎を見

る。口を挟んでいいか迷ったが、思いきって問いかけた。

「柾一郎様は私以外のオメガ種にお会いになったご経験がおありなのですか？　私は年老いたオメガ種の男性からお話を伺っただけなんです」

オメガは貴重なため、どこの家でも奥に囲われ、ほとんど外に出ない。

日頃表情を変えない整った顔が少し戸惑い、焦った様子で視線を逸らされた。

「身内にオメガ種がいれば、条件のよいアー種と娶せたいと思うだろうからな。見合いを断っても、押しかけてくる者もいたのだ」

そこへやんわり忠典が言葉を足す。

「晶君、柾一郎殿が他のオメガと噂になったことは一度もありませんよ。浮気の心配とは、夫婦仲がいいのだね」

「まさか、私が悋気を起こしたと誤解なさったのですか？　そんなつもりはありません。それに仲がいいなんて……」

悪いと明かすわけにもいかず、かといって良いとも言えずに口ごもる。そんな晶に彼は目を細めた。

「晶君を迎えるためだけにこの洋館を建てたご兄弟の話は有名ですよ。大切にされないわけがない」

「ここが？　そうだったのですか？」

柾一郎へ顔を向けると、気まずそうに頷いている。忠典には知らなかったのかと呆れられてしまった。

「それにしても鵡川家の財力はさすがですね」

ため息交じりの声は、嫉妬というより、なにかを憂えていた。紅茶をひと口飲むと、忠典は思いきった様子で柾一郎に尋ねる。

「あの、見ておわかりかと思いますが、私はあまりアー種らしいとは言えません。鵡川家の方々は恵まれた体格と商才がおありで、才覚がある。そんな男爵殿から見て私は……その……」

忠典の声は不安げだ。晶には彼の言いたいことがわからなかったが、柾一郎は察したらしかった。

「アー種か否かより、なにをしたかです。ベー種でも有能な人間はたくさんおりますし、バース性にとらわれすぎているアー種を私たちは評価していない。我が社の要職を占めているのはむしろ堅実なベー種が多いのです」

「周囲はアー種でなければと……」

「華族でなければ、アー種でなければ務まらない。そう言われることの大半は既得権益を守るための言い訳です。血も汗も流さずに得たものに、私は価値を感じません。なにより生まれやアー種ばかりを賛美する者ほど胡散臭い者はおらぬと――あくまで個人的な所感ですが」

自分には理解が難しい話題だと諦めた晶は、空になったティーカップをテーブルへ置く。女中が新しい茶を淹れてくれるのを目で追う間も、柾一郎と忠典は意見を交わしていた。

帰る忠典を見送った。

馬車が門を出たあと、柾一郎はしんみりと呟く。

「彼には少し嘘をついてしまったな」

「嘘？」

「アー種か否かは大事ではないと偉そうに言ってしまったが、本音は自分がアー種でよかったと思っている」

「なぜそんな嘘を？」

「すべてのアー種が愛するオメガと繋がる歓(よろこ)びを得られるわけではない。私は幸運な人間だが、それを彼に告げるのは憚られた」

――愛する？　史三や弐知弥先輩ならまだしも、柾一郎様とは見合いをするまで一度しか見(まみ)えていなかったのに？　それとも私以外に、オメガ種のお妾かなにかがいるのだろうか？

三十の年齢を考えれば、誰もいなかったとは考えにくい。当たり前に自分以外はいないと思い込んでいた。知らずに驕っていた自分に少し落ち込む。一滴の濁りが心の中へ広がった気がした。

――なんなのだろうこれは。饗庭の父にはいなかったけれど、妾は珍しくはないのに。私だって夫が三人いるわけだし……。

首を傾げていると、柾一郎からついでに一緒に軽く歩こうと散歩を誘われる。

「君は本当に、身内以外とは誰とも会わずにこれまで過ごしてきたのだな。いまの饗庭家は庭も手放して手狭だと聞いたが？」

忠典の来訪を告げに来たときに交わした会話を思い出し、晶は頷く。

「外へ気晴らしに連れ出してもらった日もありましたが、子爵の子がオメガだと知れ渡ってからは、見知らぬ人につきまとわれたり迫られたりする騒ぎが増え、外出できなくなりました。攫おうと徒党と組んで来られたときは警察沙汰になりましたし。塀の上から覗く人もいたので、滅多に家から出ませんでした」

アー種に押しかけられるのは、オメガには珍しくない出来事だ。大部分のオメガは早々に相手を見つけて番ってしまう。番相手に保護されれば、他のアー種は手を出せない。それでも美しい外見と発情する姿を見たくて攫おうとする不届き者がいるから、どこもオメガは厳重に囲う。

「饗庭子爵が我らに頑なだったのも頷ける。では外がどんなものかほとんど知らないのか。

普通より早く発情したことは、君にとって体験すべき多くの経験を失う四年だったのだな。……私たちに会ったのを後悔しているか？」

「あの廊下を使わねばよかった、もしくは病気なり怪我なりして欠席していたらと何度も思いました。……あなた方に悪意がなかったのはわかっています。それでも恨んでしまうのです。もし、四年の自由が得られていたらと」

「そうか……」

淡々とした口調は柾一郎の癖だ。酷薄に聞こえるが、言葉をよくよく聞けば、晶の苦しさをそのまま受け止めてくれている気がした。

――私の言い分を否定しないでくださる。昨日、三人にいいようにされて嫌がりながらもよがってしまった私を嘲笑したりもしない。この方はもしかして優しいのだろうか。

庭の中央で晶は足を止める。ともに歩く長身もまた、なにも言わずに隣で佇んでくれた。

夏に盛りを迎えた花々が咲き乱れる庭園の中、そこだけぽっかりと土がむき出しになった場所がある。

「昨日の昼間、ここで花壇の花を倒してしまいました。とても綺麗に咲いていたのに、上から転んで押し潰してしまったんです。きっと庭師の方が丹精していた花でしょうに、申し訳ありませんでした」

頭上でふっと微笑む柔らかな気配がした。

「庭師に君が気にしていたと伝えておこう。彼は見よう見真似で西洋風の庭を造ってくれている。お前が褒めていたと聞いたら喜ぶ」

「ありがとうございます」

見上げると、柾一郎がなぜかじっとしたまま晶を見下ろしていた。視線すら動かぬ様子にどうかしましたかと声をかけると、ぱちぱちと瞬きを繰り返した柾一郎は口元を覆うように手を当てた。

「……君が笑ったから」

そこで初めて、自分が笑っているのを自覚した。

「にっ、庭が綺麗ですから」

俯いて、言い訳らしき言葉を口にする。

ぽつりとうなじに水滴が当たる。見上げると小雨が降り始めていた。柾一郎の背広にもビーズのような丸い雫がいくつもできている。

「柾一郎様、雨です。中に入りましょうか」

「ちょっと待ってくれ」

屈んだ柾一郎がさっと唇を合わせた。触れるだけの接吻に、身体が一気に緊張する。胸がぎゅっと苦しくなった。

——もっとすごいことをしてるのに、どうしてこれぐらいで心が乱されるのか。

いつもと変わらぬ無表情が、いまはどこか優しく感じられる。

無言で柾一郎が腕を差し出す。晶も黙ってその腕に手をかけた。

胸の高まりを抱えつつ、ゆっくりと屋敷へ戻った。

仕事に戻る柾一郎を見送って間もなく、入れ違いに弐知弥の馬車が玄関の車寄せに入ってくる。

大きな荷物と一緒に降りてきた弐知弥に、身体は大丈夫かと真っ先に聞かれた。

使用人に閨を聞かれているような恥ずかしさが先に立ち、晶は黙って小さく頷く。彼が柔らかい笑みを浮かべるのを見て、グリム童話の王子とはこんな感じだろうかと想像した。

弐知弥から贈り物だと舶来物のレコードを差し出される。

ショパンという人のピアノソナタだと言われたが、饗庭の実家では蓄音機をとっくに売り払っていたのでよくわからなかった。

「まずは聴いてみないとな。居間にも蓄音機はあるが、晶の部屋用に手に入れたんだ。運び込んでもいいかい?」

頷くと、三階へ大きな木箱が運ばれていった。

その後ろを二人で歩きながら、いい知らせがあると教えられる。

「正門の手前で兄さんの馬車とすれ違ったときに、車を停めて少し話したんだ。晶へ伝言を頼まれた。あの完璧な兄さんにしては珍しく、言い忘れたそうだ。なにか動揺する出来事があったのか？」

庭での口づけが思い浮かんだが、晶はまさかと打ち消す。

「成島公爵家の忠典様がいらっしゃいました。それでしょうか」

「伝言と一緒に彼が一人で来たと聞いたが、あの面倒な父親がご一緒でないなら歓迎だ。彼は幸いにもお父上の強欲な形質を受け継がず、むしろ欲深いことを恥じる性分だからね。それに兄さんも同席したのだろう？」

饗庭家だけかと思ったが、こちらでも忠典の父はなかなか悪名高いらしい。

「もちろん同席なさいました。それで伝言とは？」

「明日、ご両親が様子を見にいらっしゃるそうだ」

忠典に続き、嬉しい訪問者だ。晶は荷物の運び入れを指示していたハナへ駆け寄り、抱きついた。

「父上と母上が明日いらっしゃるって！」

「それはようございましたね」

弐知弥が聞えよがしに嘆息する。

「そこは僕に抱きついてほしかったな。輿入れして三日目でそんなに喜ぶなんて、夫として複雑だ」

「それは、その……申し訳ありません」

理由はそちらにもあると思ったが、晶は言わないでおく。三人もの相手を一度にさせられたら前の生活が恋しくなって当然だなどと、使用人の前で口にしたくない。

「いつか晶に抱きついてもらえるよう精進するさ。いまは君の笑顔が見られただけで良しとするよ」

軽い口調で茶目っ気たっぷりに片目をつむる姿に、ハイカラな方だと感心した。留学先や仕事で関わる西洋人の仕草が移ったのかもしれない。

また、自分が笑っていなかった点を柾一郎だけでなく弐知弥にも指摘された。晶はそんな些事(さじ)を彼らがなぜ気にするのかわからない。

——西洋の嗜(たしな)みに妻を笑わせるなんてものがあったかな？

設置が終わった蓄音機で、さっそくレコードをかけた。きりきりとゼンマイを巻き、弐知弥自ら針を落とすと、長椅子に座った晶の隣へ腰を下ろす。ピアノの音が懐かしい。

「母上が子どもの頃弾いてくださったのを思い出します。蓄音機より先に売られてしまいましたが」

「本邸にピアノがある。晶が弾くなら運ばせよう」

「弾けませんから結構です。……あの、お気持ちは嬉しいです」

冷たく聞こえたかと後付けした言葉に、弐知弥は微笑んでくれる。

レコードを聴きながら、学生時代の話をした。中学時代の彼は、長身だがひょろりとしていた。現在の逞しい体つきは正直似ても似つかない。

「君が舌ったらずにニチヤをにーちゃんと言い間違えたときは可愛かった」

「あれは先輩が弟の史三と友人なら、苗字ではまぎらわしいだろうと下の名前で呼ぶようおっしゃったので。呼び慣れなくて間違えただけです」

「舌ったらずににーちゃ先輩と呼ばれたときもあった。懐かしいな」

「私の言い間違いを気に入った先輩がにーちゃんセンパイと呼べっておっしゃって、恥ずかしかったです。あれはきちんと発音しきれなかった私への罰だったのですか？　史三くんがそれを聞いて、兄貴は酷いと怒っていました」

「君にそう呼ばれたかった僕のわがままだよ」

甘い声で囁かれる。いつの間にか腰に手を回されていた。口説くとばかりに弐知弥が言葉を重ねる。

「あのときから晶が好きだった。君がオメガだと知って、見合う男になるために欧州へ留学したんだ。ホテル業を成功させたいま、胸を張って君を迎え入れられたと思っている」

いまさら自分を口説かずとも、命じればいいだけではないかと晶は混乱する。実家の援助が必要な自分は、求められたらいつでも股を開かざるをえないのに、なぜこんな甘い声を向けるのか。

「先輩、近いです」

「晶、こっちを向いておくれ」

ねだられ、渋々向けば柔らかな唇が押し当てられた。合わせるだけの口づけをしたあとはぴったりと二人で寄り添ったまま、レコードが終わるまで黙って蓄音機に耳を傾けた。

恋人同士のごとく甘やかな雰囲気の中、晶の心は困惑でいっぱいだ。

——もしかしてこれって、いい雰囲気というものじゃ？

自分のあられのない姿も、はしたなく乱れた姿も知っている男が手を出してこないのが不思議だった。

「兄さんは取引先と会食で遅くなるそうだ。今夜は一階の食堂で三人で食べよう。それとも晶は四人でなければ寂しいかい？」

「いえ、まさか……充分です」

夜の閨の意味もあるのかと弐知弥を仰ぎ見たが、明るい表情からは読み取れない。

オメガの嫁としてこの家に尽くすと昨夜言ったそばから、今日は勘弁してもらいたいとは言えなかった。

その後、史三から遅れると連絡があり、結局二人で夕食を取った。

一階の食堂で静かに会話を交わしながら、晶は饗庭家に出入りする商人と下女とのやりとりを思い出した。


それは潜めた声だったが、裏口の真上の窓を少しだけ開け、外の景色を眺めていた晶の耳にはっきりと聞こえた。

「男盛りが三人もいらっしゃるとか。オメガとはいえ苦労なさるわ。身体が心配よぉ」

言葉面だけなら心配しているふうだが、その声は面白がっている。高い給金を出せない饗庭は下女の質も高くはない。それに身分の上下に関係なく、噂が人々の娯楽のひとつなのは晶だとて知っている。

「アー種は性豪らしいからな。二輪挿しなんて無体をされなきゃいいが」

アラ怖い、そう言って下女はくすくす笑う。

晶には初耳の言葉だったが、上手くできたもので、聞いただけで意味が察せられた。

二輪挿しの言葉が脳裏に浮かんだだけで食欲が失せてしまった。

——柾一郎が不在の今夜、もし史三と弐知弥先輩が一緒にしたがったらどうしよう。一人でも壊されるのではないかと怖いほどなのに、そんな無理をされたら……。

恐怖にぶるりと身体を震わせる。

昨夜のように三人がかりで晶を嬲るくらいなのだ。今夜でなくともいつか起こる可能性はある。どうすれば逃げられるのか、ぐるぐると考えてしまう。

さっぱり箸が進まないのを弐知弥に心配されてしまい、甘味なら食べられるか、果物ならどうだとあれこれ世話を焼かれる。

結局、食事の代わりに桃と水羊羹（みずようかん）を食すまで、席を立つのを許してもらえなかった。

「部屋まで送るよ」

食後、背中に手を添えられながら部屋まで送られつつ、やはりそうかと考える。

――今夜はお一人だけ相手をすればいいのだろうか。

晶なりに心構えをしたつもりだったが、あっさりと不要になった。

「ゆっくり休んで。おやすみ」

口づけさえなく弐知弥の手で扉が閉じられる。晶は気が抜け、しばしぼんやりとたたずんだ。

寝衣に着替えた晶が寝台へ入ろうとしたところで、史三が帰宅した。

隣室との続き扉を少し開けて顔を出したハナに、史三から訪れたいと申し出があったと案内の是非を問われる。

「少し酔ってらっしゃいますから、寝ているからとお断りなさってもいいでしょう。晶様の窓に灯りが点いているのはご存知でしたが、史三様は晶様が明かりを点けたまま眠っているかもしれないとなぜだかお考えでした。もしそうなら起こさないでほしいと言われましたから」

呼ばれたらすぐ出られるよう、ハナは近くの部屋に寝所を持っている。わざわざハナへ取り次ぎを頼んだらしい。

「平気だよ。こんな格好だが入ってもらってくれ」

窓際に置かれた椅子へ腰かけると、ハナが史三を招き入れて退出していく。

「外から帰ってきたら、お前の部屋の窓に灯りが見えたから……寝ていたか？」

「そろそろ寝ようかと思ったところだよ。眠るなら電灯は消すさ。点けたままなんてもったいない」

「なにもしないで眠るのは今夜が初めてだからな。慣れない屋敷だし、一人きりで眠るのが心細くて、灯りを点けっぱなしにしたのかと。そうなら起こしたくなかった」

まだ背広姿の史三は無造作に寝台へ腰掛ける。隣をぽんぽんと叩き、「こっち来て」とせがまれた。

――命令だったら従いたくないところなんだけど、そうはしないんだよな。

学生時代も、史三自身は図々しいところはあるがつき合ってみると憎めぬ男だった。べたべたとまとわりつかれても史三ならば仕方ないと許していたのを思い出す。

黙って隣へ座ってやると、史三はへらりと笑った。酔っているらしい。彼の身体から煙草と酒の匂いがした。

「急に土木の職人さんたちから酒に誘われてさ。ここんとこちょっと忙しくて無理を頼んでたから、断れなかったんだ。新婚なんだから最初の一杯だけだぞって念を押したんだけど、なんでかこんなに遅くまで呑んじまった。お前の話をいろいろ訊かれてしまって参ったよ」

経営者としてはまだ若いが、職人たちといい関係を築いているらしい。友人として安堵した気持ちになる。

「もしかして、閨の話をしたんじゃないだろうな?」

「しつこく聞かれたけどさ、話すわけないだろ。代わりにいかに俺の嫁さんが可愛いか熱弁してきた!」

上体を前後にゆらゆら揺らしながらしゃべる。これはかなりきこし召してきたようだ。

「それはそれでどうかな。あまり恥ずかしいことは触れ回らないでくれよ」

「夕食、一緒に食べられなくて悪かったな。これ、土産」

POSTCARD

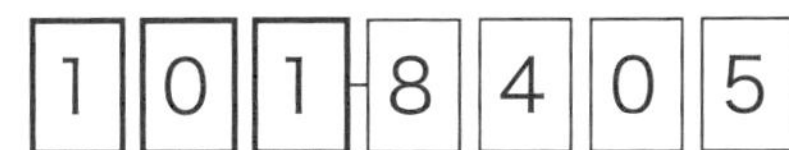

東京都千代田区
神田三崎町2-18-11

二見書房
シャレード文庫愛読者 係

通販ご希望の方は、書籍リストをお送りしますのでお手数をおかけしてしまい恐縮ではございますが、**03-3515-2311までお電話くださいませ。**

<ご住所> □□□-□□□□

<お名前> 様

＊誤送を防止するためアパート・マンション名は詳しくご記入ください。
＊これより下は発送の際には使用しません。

TEL	職業／学年
年齢　　　代	お買い上げ書店

Charade 愛読者アンケート

この本を何でお知りになりましたか？

1. 店頭　2. WEB（　　　）　3. その他（　　　）

この本をお買い上げになった理由を教えてください（複数回答可）。

1. 作家が好きだから（小説家・イラストレーター・漫画家）

2. カバーが気に入ったから　3. 内容紹介を見て

4. その他（　　　）

読みたいジャンルやカップリングはありますか？

最近読んで面白かったBL作品と作家名、その理由を教えてください（他社作品可）。

お読みいただいたご感想、またはご意見、ご要望をお聞かせください。

作品タイトル：

ご協力ありがとうございました。

お送りいただいたご感想がメルマガに掲載となった場合、オリジナルグッズをプレゼントいたします。

晶の手のひらに、ぽんと置かれたのは紙箱のキャラメルだ。酔っている彼はなにがおかしいのか満面の笑みを浮かべている。

「……ありがとう」

「あーちゃん、俺は中学で初めて会ったときからずっとあーちゃんが好きなんだ。だから、鵜川の家に来てくれて嬉しい」

これほど酔っては、朝まで記憶が残っているか怪しい。忘れているやもと考え、訊いてみたかった件を口にする。

「あのとき私が——懐いていた友人がオメガだと判明してどう思った？」

「悲しかったな」

やはりオメガと友人だなんて恥ずかしかったかと俯く。

「嫌だったか……」

「あーちゃんが泣いているだろうなって思ったから。学校も勉強も好きなの、知ってたからさ。だから悲しんでいるに違いないあーちゃんを思って、俺も泣いてしまった」

「……そうか」

思いやりのある言葉が胸に沁みた。

「そういえば、下に大きな箱が置いてあったね。中身は空だったけど、なにかあった？」

「きっと蓄音機が入っていた箱じゃないかな」

「蓄音機なら居間にだってあるだろ？」

「弐知弥先輩が私のために買ってきてくださったんだ。私が気軽に聴けるよう、三階の他の部屋に置かせてもらった」

「なんだよそれ。この洋館自体あーちゃんの屋敷なのに……あー、キャラメルなんて子どもっぽかったな」

わしゃわしゃと自分の髪をかきむしる。後ろに撫でつけた総髪がばらけ、頬に影を作った。にこにこしていたのが一転して不機嫌になってしまう。

「嬉しかったよ。史三は同級生だったから、ええと……あれだ。あー、特別だ」

酔っ払いの相手は面倒だと思いつつ、適当に誤魔化すと、あっさりと機嫌を直す。

「だよな！　あー、あーちゃん、優しいなぁ」

「……憎んでるって言っただろ」

自分でも覇気がないとわかる。憎いのは彼らではなく、自分の運命なのだといまは理解している。それでも、自分の不幸は彼らのせいだと信じていたことがすべて間違いだったと認める勇気が持てず、つれない態度を変えられなかった。

「でも優しいよ。なによりここにあーちゃんがいてくれて嬉しい」

酒のせいか、いつもより素直な物言いをするのが少しおかしい。愛(いと)おしいに近い気持ちが湧き上がる。

「嫌いだって、酷い態度を取って不快だったろう？」

喉の奥で史三は笑って、晶の背を撫でた。性的な手つきとは程遠く、労ろうとする気持ちだけが伝わってくる。

「身体、辛くない？　俺、あーちゃんに触れられるのが嬉しすぎてはしゃいじゃったからさ、心配だったんだ。兄様も兄貴もたぶん同じ。祝言のときからずっと浮かれてる。なんとか冷静になろうと思ってるんだけどさ。自分たちよりあーちゃんが大事だって、絶対怪我させないようにって三人で話し合ったのに、初夜も昨日も泣かせちまったから」

厳めしい顔をした柾一郎や、天狗かと見紛う身体つきの弐知弥に「はしゃぐ」という言葉が似合わない。

——あれが彼らなりのはしゃぎ方なのか？　それを反省して今夜はなにもないのか？

酔っている今の史三なら気安く聞いてもかまわぬ気がして、つい疑問をそのまま口にする。

「なぁ、今日はなんで二人ともしないんだ？」

ゆらゆらと揺れていた史三の動きがぴたりと止まる。

「それ、誘ってる？」

「違う！　誤解するな！　もう出てってくれないか。私はもう寝る」

そっぽを向けば慌ててなだめられる。

「わかったよ、ごめん。安心してくれ、手は出さないってば。兄様に今夜は休ませろって言われてるんだ。明日、ご両親の前に色やつれした姿は見せられないからって」

「なんだ、そういうことか」

正直な史三のおかげで納得した途端、怒りが失せる。

「なあ、抱き締めていいか？」

「史三は私の夫なんだろう？　勝手にすればいい」

腕が回され、ぎゅうっと力が込められる。それからなぜか一緒に立ち上がらせられ、トコトコとその場で回転させられた。

「なに？」

「顔が、影になって顔が見えなかったから」

電灯の灯りが当たるよう、角度を変えたかったらしい。

「はあ、可愛い。俺の嫁さん、むちゃくちゃ可愛い」

なんと答えるべきか思い浮かばず黙っていると、「なんて可愛い唇なんだろ」と呟き始める。晶に聞かせているつもりはないのか、むにゃむにゃと不明瞭になったりしながらあれこれ呟き続ける。

——これは、心の声が漏れているという状況なのだろうか？

史三は晶の唇へ視線を固定したまま、自分がいかに酒臭いかと嘆く。

「目の前に桜桃みたいな唇があるのに吸っちゃいけないんだよな。口づけたいけど、すごくしたいけど、酒臭いから嫌われたくないし。焼酎にどぶろくに、食って呑んで――」

「触れるだけならかまわないぞ」

「え、いいの？」

「舌を入れたら突き飛ばすからな」

「嫌じゃないのか？　酒臭いぞ？」

「ぐずぐず言うならもう帰れ」

「やだ、待って」

横を向いて大きく深呼吸をすると、吸い込んだ息を止めたままぎこちなく顔を近づける。どうしてか目までつむっているのがまたおかしい。

晶は頬を緩ませ、自分で顔を傾げて位置を合わせてやった。触れた瞬間押し返される勢いで合わされた唇は熱く、酔っ払い相手に油断していた晶をどきりとさせた。

約束通り舌を入れずに堪えた史三は、覚束ない足取りで階下へ去っていった。

——家族——

「縫製工場の子たちから『晶先生に』と預かってきたぞ」

ゆったりとした革張りの洋椅子に腰かけた饗庭子爵は、元気そうな息子の姿に目を細める。隣に座る夫人が、机の上へ端切れを縫い合わせた大小さまざまな布を広げた。

子爵夫妻の向かいには晶を挟んで弐知弥と史三が、上座には柾一郎が座り、和やかに言葉を交わす。

晶は布を手に取り、縫い目に目を凝らした。四方の布端は折り返され、まっすぐな縫い目が走っている。

「みんなこんなに上手に端の処理ができるようになったんですね」

一枚一枚裏返し、丁寧に見ていく。隣から手元を覗き込まれた。

「先生というと？　晶は先生をしていたのかい？」

弐知弥の問いに、懐かしい思いを込めていきさつを語る。

「十三で発情を迎えてしまった私は外出もままならず、はじめの一年をただ鬱々と過ごしました。あるときなんの役にも立たない自分が耐えられなくなって、父親へミシンを覚えたいと申し出たんです。ミシンなら一人きりでも父の工場の手伝いができるのではないかと思って」

当時を思い出した父が、感慨深い面持ちであとを続ける。

「塞ぎ込むばかりの息子を心配していた私は、さっそく熟練工の女性をミシンとともに屋敷へやりました。誇らしいことに、独語のミシンの解説書まで字引きで読み解き、修理も含めたひと通りの技術を習得してくれましてな。私たち家族はやっと笑えるようになったのですよ。嬉しそうなこの子の笑顔に泣いてしまったほどです」

ほろりと涙ぐんだ子煩悩な饗庭子爵は、瞬きをしぱしぱと繰り返す。

「支えたいという子爵やご家族の愛情があったからこそ、見つけられたのでしょうね。それで彼はミシンの先生に？」

応じる弐知弥は、いつにもましてまろやかな声音だ。

「ええ、晶にはしばらく一人で作業させていましたが、少しでも外の人間に触れさせたくて、縫製工場に入ったばかりの若い縫子へミシンを教えさせたのです。騒がしい工場より、屋敷は落ち着いて学べますからな。縫子たちの評判もよかった」

安心して外界の人間と触れられるのは、子どもか、力のない少女相手しかいなかったのもある。

屋敷の一室で行われたミシン教室は呆れるくらい小さな世界だったが、晶は少なからず慰められ、かけがえのない時間となった。

「その教え子たちは、いまでも私を先生と呼んでくれるのです」

晶が微笑むと、弐知弥も史三も嬉しそうに笑みを浮かべてくれた。柾一郎も表情こそ変えないが、こちらへ向けるまなざしは穏やかだ。教え子たちが働く縫製工場が自分にとってどれだけ大事か、三人にわかってもらえたのが嬉しい。

「その布は花瓶の下敷きに作ったのよ。ところが晶の住まいが立派な洋館だって聞いて、こんなものは贈れないって泣き出してしまったの。なだめるのが大変だったわ」

饗庭夫人が愛おしげに語る声から、饗庭家が身分を超えて女工や工人たちと親しくしているのが窺える。

「ミシンの上達を知らせる手紙代わりなのだからそれでいいと百貴(ももき)も言ったんだが、納得しなくてね。晶先生に恥をかかせるわけにはいかないと泣かれて困ったと、百貴がこぼしていたよ」

二つ下の弟の百貴は、饗庭家の後継ぎとして父親の事業を支えてくれている、穏やかで優しい弟だ。忙しい中、晶の代わりに幼い女工たちを気にかけてくれていると知り、胸が温かくなった。

「箪笥や引き出しの底に敷いても使えるからって説得して、なんとか預かってきたのよ」

目に浮かぶやり取りに、笑みが零れる。

「母上、持ってきてくださり、ありがとうございます。あの子たちに私がとても喜んでいたと伝えてください。百貴にも苦労をかけたと」

「お前が身体を張って——失礼、言い方が悪かったな。鵜川家との婚礼のおかげで援助をいただけたのだから、必ず工場を持ち直させると意気込んでいるよ」

両親とともに、晶はしんみりと目線を落とす。この身を売った代金は、確かに支払われたらしい。

「どれ、私にも見せてもらおう」

弐知弥を介し、柾一郎へ布を渡す。そのうちの一枚を持って立ち上がった柾一郎は、応接間の窓際に置かれた花瓶の下へそれを敷いた。

「悪くない」

弐知弥も褒めてくれる。史三も頷いてくれ、晶は身内が褒められるような嬉しさを感じた。

「これが手紙代わりとはいじらしい子たちだ」

柾一郎はいつもと変わらぬ静かな表情だ。しかし、その声は優しい。

「読み書きを覚えるほど学校に行かせてもらえなかった子もいますから。そういった子も手に職をつければ、食べていけます」

晶が伝えると、母も頷く。

「そうね。不器用で晶にしょっちゅう教わっていたキヨも、いまではベルトが縫えるくらい一人前になりましたから。給金で弟を学校に行かせてやれると喜んでいましたよ」

母の言葉に晶もまた笑みを浮かべて頷く。両親を病で亡くしたキヨは、幼い弟を養うために弟とともに社員寮に入った。機械に触れるのすら怖がるキヨに、根気強く教えた日々が懐かしい。

工場には似た境遇の子が多かった。それ以外にも、嫁ぎ先から逃げて帰るところのない女性など、弱い立場の人々の手に職をつけてやりたいと晶の父は進んで雇っていた。

「父上、ミシンの修理は問題ありませんか？ そもそも私の限られた知識では教えるにも限界がありますが、どうも引継ぎの工人たちに上手く伝わっていなかった気がして心配なのです」

「実は酷く手こずって困っているんだ。お前の顔がコレだからな。見惚れて、話が頭に入ってこなかったんだろう」

「私の顔のせいでしたか」

顔が悪いと言われても晶にはどうにもできない。

「修理のコツがまだ摑めぬらしい。修理待ちのミシンが増える一方で困っているよ。どうしても修理できなければ新品を買うしかないが、こんな些事で鵡川家からいただいた援助金を使うわけにもいかないからね……」

親子で同時にため息をつく。

「それは修理屋に頼めないのか？」

柾一郎が素っ気なく指摘したのももっともだ。

「何年か前からあるお方の手が回りまして、もう修理を引き受けられないと断られてしまいました。他にも当たりましたが、どこも同じで」

晶は柾一郎へ向き、意を決して願い出る。

「この屋敷から出ませんから、私にミシンを修理させてもらえませんか？　ミシンの仕事がなければ自分は役立たずだと腐っていたでしょう。この仕事が好きなんです。やらせてください」

嫁いでからも実家の仕事をするなど勝手だと叱られるかと心配したが、反応は意外なものだった。

「許可しよう。ただ、段取りは鵜川の使用人が間に入らせてもらう」

「ありがとうございます！」

鷹揚に頷いてくれた柾一郎へ、両親共々頭を下げた。

「それで、その修理屋に脅しをかけたあるお方とは、成島公爵ですか？」

弐知弥の指摘に、父はハンカチーフで汗を拭う。

「ええ、あのお方には本当に困らせられています」

子爵の声は苦々しい。強引で権高な公爵の名を思い浮かべただけで、晶は気持ちが沈んだ。

饗庭家が困窮した原因は複数あったが、そのひとつに公爵から取引を幾度となく妨害されたのも大きかった。

成島家からの度重なる婚姻の申し出を、当たり障りのない理由を作って断っていたのが原因だ。忠典が守ってくれるならと思わなくもなかったが、公爵家からの申し入れはあっても忠典個人からの連絡はなく、横暴と言っていいほど押しの強い父親から守ってもらえるとは思えなかった。

いつまでこの疎ましさが続くのかと晶は細い息を漏らす。

「ここ数年は鵜川家の悪評を広めるのにご執心で。最初は私も騙されました。うちの女中たちはいまでも、鵜川の男たちは極悪非道で冷酷な商売をすると思い込んでいますよ」

父の言葉に、晶が目を丸くする。

「鵜川物産の黒い噂は嘘だったのですか？　あっ……」

しまったと思わず口を押さえると、稀なことに柾一郎が苦笑した。彼の笑顔に意識が逸れる。失言したはずが、胸の奥がほっと緩んでしまう。

――笑ってもらえるって、こんなに嬉しいのか……。

自分が笑顔をなかなか見せなかったのを気にしていた彼らの気持ちが、いまならわかる気がした。

「まったくの嘘でもないが、御用商人時代からの政商たちに比べれば薄墨程度だ。官民一体といえば聞こえはいいが、政府との親密度合いで仕事の差配が決まるからな。鵜川は後ろ盾を持たぬ上に後発で、公平な機会を得られる期待はできない。こちらも頭を使う必要がある。それを黒いと言うならそうなのだろう」

「官営事業の払い下げでは負けばかりだしね」

弐知弥もまた苦笑する。

「弐知弥先輩のホテルが、腕のよいコックを従業員ごと強引に引き抜いた話は？」

「コックが箱根の某財閥のホテルとうちを天秤にかけて、うちに決めただけだ。それを妬んだ誰かの話さ。もともと、経営者のわがままに嫌気がさした従業員がコックに願い出たのが始まりだ。こちらとしては、強引もなにもないんだが」

「同業の旅館業者から恨みを買って、それをまったく気にかけぬ傲岸さだとも聞きました」

「古い利権に迎合しないことを傲岸だと誹られるなら甘んじるさ」

嘘でもないが、本当でもないらしい。晶は、片方だけの話を聞いて知った気になっていた己の浅慮を恥じる。

「申し訳ありません。噂を丸呑みにしておりました」

「なあ、俺は？　鵜川土木は非情で安く人をこき使うとか、副社長の依怙贔屓が過ぎるとか聞いたんだろ？」

史三が身を乗り出す。

「まあ、それは鵡川家の事業全体がそうだと……」

「出自やバース性にこだわる連中にしたら、実力だけで出世するベー種を依怙贔屓していると見えるからな」

弐知弥が補足する。

「人遣いが荒いつもりはないがな。結果に対して正当な額を払っているだけだ。ひとつの仕事に長い時間をかける者と、すぐに済ませる者に同じ賃金は払えない。人によっては時間の割に給金が少ないと感じるのかもしれない」

「どちらも正しいが違うと？」

「見る者の立場次第で変わるのはよくあることさ。同じ事柄でも良く言う者もいれば悪く言う者も、無関心な者だっている」

饗庭子爵が悔いた様子で、話に加わる。

「周囲の皆が同じ話をしているという単純な理由だけで、私は鵡川家の悪い噂を鵜呑み(うの)にしておりました。ですが、鵡川家で長年働く者の話を直接聞けば、口より手と足を動かした者を正しく評価してくれると満足している者ばかりなのです。直(じか)に調べもせずに噂で判断してしまい、いかに浅薄な考えだったかと恥じております」

母が自分も誤解していたと言葉を添える。

「私も最近知ったの。噂が実際と違うなんて珍しくないのに情けないわ。てっきりあなたの耳には噂自体入っていないとばかり思っていたのに。あなたにも鵜川家についてもっと詳しく話すべきだったわね」

夫たち兄弟の前で謝罪すると、彼らは気にしないでくれと言う。

「こうして俺たちが花嫁に迎えた以上、鵜川家を邪魔だと考えた公爵の見当は間違っていなかったと言えます。とはいえいつまで嫌がらせを継続する気なのか」

史三の発言に弐知弥が頷く。

「それだけ執着が強いと言える。注意が必要だな」

深刻な表情で子爵は身を乗り出す。

「実は本日伺ったのは、その成島公爵の様子が気になったからでもあるのです」

「聞きましょう。人払いを」

使用人たちが去ったのち、饗庭夫妻はある噂を語った。

「夜会で耳にしましたの。成島公爵のご子息、忠典様のアー種判定が医者に金を握らせたという噂です」

「忠典様は平気で嘘をつかれる方ではありません！」

思わず激昂した晶を史三がなだめる。

「実の父に謀(はか)られた可能性もある。アー種の判定は発情中のオメガ種が使用した茶器を桐箱に入れ、複数の箱から言い当てるものだ。ベー種にもわかる香りで代用させれば、本人に気づかれぬまま騙すのも可能だ」

「そんな……本当だとしたら、公爵位の継承問題にも関わるのに……」

「継承どころか取り潰しかもね」

弐知弥が考えを巡らし、顎に手を当てる。

「噂には続きがありますの。その医者は成島公爵自身のアー種判定にも関わってらっしゃるとか」

「公爵自身がアー種ではない可能性もあると？　俺たちのような成金男爵相手の噂とは格段に重みが違いますよ？　偽りならば口にしただけでも社交界から追放だ」

「僕たちのように濃い気配を持つアー種は、相手がアー種かどうかなんとなく判じられるものです。しかしそういった話や、誘惑香が匂う匂わないと話題にするのははしたない振る舞いだと——そう言い出したのは、先代の成島公爵だと聞いたことがあります」

身を乗り出した弐知弥からの話に、その場にいた全員が考え込んだ。

アー種らしくない自分を気にしていた忠典を思い出す。本人もその噂を知っているに違いない。オメガ種を前にしたアー種がどう感じるのか、それを柾一郎に聞いた彼の気持ちを思うと胸が痛んだ。

一瞬柾一郎と目が合ったが、兄弟たちは忠典が一人でここへ来訪した話は出さなかった。

忠典と話していたときも、柾一郎はなにか思うところがあるようだったから、実感として噂の真実を知っているのかもしれない。晶は噂が嘘であると願わずにはいられなかった。

柾一郎の言葉でその場は締め括られた。

「子爵ご夫妻直々のご忠告、痛み入ります。私の方でも手を尽くして調べましょう」

そろそろ失礼しようと腰を上げた両親を、皆で玄関まで見送った。

その途中、隣を歩く母が身体の心配をしてくれた。

怪我はないか痛みはどうだと矢継ぎ早に聞かれたが、あからさまな話は避け、とにかく大丈夫だと答える。

「お医者は来てくださるの？」

「医者？　な……とにかく大丈夫ですから」

どうやら母は流血沙汰になる行為があるのではと危惧しているらしい。ともにベータ種の両親は、アルファ種の股間はとんでもない化け物だと思い込んでいるのだろうか。

――まったくの出鱈目(でたらめ)でもないけど……。

「三人の夫を持つ生活に馴染めそう？」

潜めた声だが、後ろを歩く弐知弥と史三にはおそらく聞かれている。

「馴染めるといいますか、その、大丈夫ですから！」

赤面した晶がつい大きな声を上げてしまい、苦笑した弐知弥が後ろから取りなしてくれる。

「僕たちは皆、彼を歓迎しています。安心してお任せください」

「この子が皆さんを満足させられる妻になれるとは思えなくて。力が及ばずご迷惑をおかけしているのではないかと心配ですわ」

「ご安心を。皆で彼に満足しています」

「まあ、皆さん『で』、ですか?」

頬を染めた夫人へ、社交的な弐知弥は片目をつむっていたずらっぽい笑みを浮かべる。

「無論です」

「もうこの話題やめませんか?」

頭が痛くなりそうですと苦情を上げたが、母は聞く気がないのか「この子にそんな才能があったなんて」と感心している。

「安心してください、母上。鵡川家の皆さんは、私にとてもよくしてくださっていますから」

なんとも言えぬ表情で父が振り返り、「ヨくしてくれているのか……」と呟いたのは聞かなかったことにした。

帰りの馬車へ、史三が工場の縫子や子どもたちへの土産にと、大きな木箱に入ったままのキャラメルを運び入れてくれた。

「お荷物ですが、よろしければ晶の生徒さんたちに」

いつもはお前とかあーちゃんなどと呼ぶ彼が夫らしい振る舞いをしているのがおかしく、また気恥ずかしい。

「まぁ、みんな喜ぶわ」

「お気遣いいただき、かたじけない。神楽坂のお父上にもよろしくお伝えください」

柾一郎たちの父はほぼ隠居状態だが、別邸で趣味に没頭し、妻と二人、健在でいる。

「もちろんです。饗庭家と縁を持てた幸運を、両親もとても喜んでおります」

それを聞いた饗庭子爵は、満足げに兄弟たちとそれぞれ握手を交わす。

見送る中、乗り込んだ馬車の中で、母が手巾（ハンカチ）を目元に押し当てたのが見えた。やはり心配してくれていたようだ。母の涙はきっと安堵の涙だろうと考え、晶は両親を笑顔で見送る自分に気づく。

輿入れしたときの悲壮な自分と大きく変わった心情に、この婚姻を悪くないものだと考え始めているのを自覚した。

その数日後、柾一郎から許可をもらえた晶は、一階に修理用の部屋を設けた。晶と顔見知りの女工がミシンを工場から定期的に運び入れる。一人で運ぶには重いのではないかと心配すると、彼女いわく、子どもを二人抱えるよりずっと軽いらしい。

普段は和装を好む晶だが、修理のときはシャツとオーバーオールとも呼ばれる前当てズボンが楽でいい。あちこち油染みをつけたズボンで床へ直に座り、部品を磨いていく。慣れた作業は心が落ち着く。たちまち晶は夢中になり、一日中修理部屋へ入り浸るようになった。

あれから一度だけ三人としたが、次の日は腰が痛んで床に座れなかった。仕方なくミシンに触れずに一日を過ごしたところ、それがあまりに寂しそうに見えたらしい。

三人は話し合い、それからは無理をされなくなった。

いまはそれぞれが週に一晩ずつで堪えてくれている。おかげで平日はほぼ修理に時間を割けている。

史三は本当は毎日がいいとしばらくゴネていたが、聞こえないふりをした。

今日は時間があるからと、柾一郎が晶の修理する様子が見たいと言い出した。

注目されるのは緊張するからと断りたかったが、晶のために半日だけ時間を作ったと言われては拒否しきれなかった。

「修理ができるとは素晴らしい。君の手は技術者の手だな。機械に再び命を宿らせるよい手だ」

愛しげに油でぬるついた手を取られ、慌てて振り払う。

「お手が汚れてしまいます。私の手は汚いだけです。変な褒め方をなさらないでください。修理だって間に合わせでなんとかやっている程度で、柾一郎様が感心なさるようなものでは……」

真正面から褒められて舞い上がってしまい、妙に早口になった挙句に口ごもってしまう。

「汚れてもかまわぬのだが」

仕事から離れているせいか、いつになく丸みのある声が残念そうに言う。

劣化し古くなった黒い油は、手を洗っても爪にどうしても残る。

食事の場や閨の中でも、筋を描いて残ったそれを誰からも汚いと責められなかったのは意外だった。家族でさえ、せっかくの綺麗な指が汚れると嘆いていたのに、むしろ食事を忘れて夢中になる晶を尊重してくれる。

開けた窓から風が入る。まだ気温の上がらないうちに仕事を進めておきたい。

無言で仕事を進めた。ミシンの下には足踏み板がある。この板を前後に踏む動きがピットマン棒を通って車を回す。摩擦を少なくするための玉軸受けに新たな油を差した。

「手際がいいな」

「慣れていますから。この大きな車が一回まわると、ここの小さな車が六回まわるようになっているんですよ」

請われていないのについ説明してしまう。知った口をきいてしまったかと、晶はひっそりと頬を赤らめた。

踏み板を前に数度踏み、なめらかに動きが伝わっているか確認する。

ウンウンと車が回る音だけが響く。穏やかな空気が部屋に満ちていた。

いったん回転を止めてミシンを奥へ傾げ、はずみ車を手で回しながら下軸の動きに注視する。すると柾一郎が隣に立って手元を覗き込んだ。

——顔が近い……。

閨では慣れた気がするのに、明るい時分に顔を寄せられると、なんだか調子がくるってしまう。

「柾一郎様、工場で修理を担当している工人を、使用人が立ち会うならば屋敷に呼んでいいとご許可くださり、ありがとうございます。おかげで彼らに教えやすくなります」

「本当は夫たちの誰かが立ち会う条件にしたかったが、我らは忙しいからな。一日中そばにはいられない。それに直接指導して早々に解決しなければ、工場の仕事に支障が出るのではないかと史三が心配していた」

「史三が？」

「あれが一番独占欲が強いのにな。君に好かれたい一心で、寛容な夫になろうとしているらしい」

「寛容なのは助かりますが、私たちは番っておりませんから、工人たちに直接教えるのは無理だと思っていたので驚きました」

「番いたいか？　そうすれば誘惑香は番相手にしか通じない。万が一、発情が訪れても危険は低いはずだ」

「いえ、番うのは一人としか交わせませんから」

晶は首を振る。

家にオメガ種を嫁がせ、複数の夫と娶せる制度は、番の推奨をしていない。番わなかった夫との閨が苦痛になるからだ。だから複数夫を持たねばならぬオメガ種は、うなじを噛まれぬまま過ごす。そして、アー種は他の家のアー種に攫われぬよう、オメガを厳重に囲う必要があった。

「この洋館の周囲を囲んで、鵡川物産の本社も史三の会社もある。鵡川家の敷地内には三人のうちの誰かが必ずいるから、もし、晶の色香に惑わされる者が出たとしても、素早く駆けつけられる。ひと睨みすれば正気に戻せるだろう」

惑わされるとは、なんだか自分が妖かなにかのごとく扱われている気がする。外の世界に触れられるなら文句はないが。

「そのひと睨みとは、単なる脅しとなにが違うのですか？」

柾一郎からは、アー種のうちでも鵜川家の兄弟は特に『濃い』ため、可能なのだと言われた。自分にはよくわからぬが、濃いアー種から放たれた本気は周囲を慄かせるのに充分なのだそうだ。

「午後から、国内産のミシン製造を目指している者が商談に来る予定になっている。うちで出資を検討しているんだ」

「国内産のミシンですか！　舶来物のミシンは故障が多いので、修理部品の調達ひとつとっても苦労が多くて困っているのです。実現できるなら、是非製品を見たいです！」

「彼らは午後から来社する予定だが、君も同席するか？」

「いいのですか⁉　やった！」

思わず抱きつきそうになる。寸前で両手が機械油まみれなのを思い出し、とりあえずその場でぴょんぴょん飛び跳ねて興奮を表した。

「……そこまで喜んでくれるのか」

背後から腕を回され、軽く抱き締められた。肩に吊った紐(ひも)の間からするりと前当てズボンに指が潜り込む。シャツの上から胸の先をそろりと探られたが、晶はそれよりもミシンの話が聞けることに興奮していた。

「同席をお許しくださり、ありがとうございます！」

ハナに見られたら華族らしくない、はしたないと小言をつかれそうなほど、くしゃくしゃに緩んだ顔で背後の夫を見上げる。

「……君に気に入られたくて必死な史三を笑えないな」

苦笑する柾一郎よりも、晶は最先端の話が聞ける期待で頭がいっぱいだった。

午後から訪れた商談相手たちははじめこそ晶の美貌に見惚れてまともな会話にならなかったが、修理部品調達の苦労を話すと、それなら取り扱いしていると教えられ、しばし専門的な話題で盛り上がった。

そうして鵡川家での日々は思いのほか、快適に過ぎていった。

壊れたミシンの搬入と修理の終わったものの搬出は、いつも同じ女工が来てくれる。晶はハナに頼み、駄賃代わりにお茶を出すようにしていた。

欧州から取り寄せた茶器で飲む紅茶はお姫様にでもなった気分になれると、喜んでくれる。その際、彼女が羽振りのよすぎる医者の噂を教えてくれた。

「饗庭様の縫製の仕事は住むところももらえて気に入っている者が多いんですけどね、べらぼうに給金の高い使用人の口があるって話を誰かが仕入れてきたんですよ。ちょいとばかり借金のある女工が、試しにその屋敷に雇ってもらえないか聞いたそうなんです」

やたらとキツイ年配の女中から口は堅いかと散々聞かれ、最後に主人らしき男の前に通されたそうだ。男の身体からは薬と消毒薬の匂いが漂い、医者だと思ったらしい。結局、なにが気に入らなかったのか採用にはならなかったが、この屋敷で見聞きした話は一切口外するなと固く約束させられたそうだ。

「口止め料を払わないケチ相手に守る義理はないですからね。その子はぺらぺらしゃべってくれたってわけです。たぶん、アタシがこちらの男爵様の洋館に出入りしているんで、あの子は嫉妬したんでしょう。自分が行った家は元々公爵様のお屋敷で、家中贅沢な品でいっぱいだったって張り合われてしまいましたよ。アタシは工場のみんなに、先生が旦那様方にいかに大事にされてるかって話をしただけのつもりだったんですけど」

どれほど高名な医師なのか知らないが、違和感のある話だ。

「公爵？　どちらの公爵家なのか？　医者だというのは確かなのかな？」

「さあどうでしょう。注目されたがりのあの子の作り話かもしれませんけどね。大まかな屋敷の場所は話にのぼったんで憶えてますよ」

気になった品は、三人がそろった夕食の場でその話を伝えた。教えてもらった町名を挙げると、確かに華族の屋敷がいくつか集まっているそうだ。

「金回りのいい人間なら、私たち商人ほど詳しい者はいない。だが、その男は偽名を使っている可能性が高いな」

　柾一郎の言葉に式知弥が続ける。

「医者が華族の屋敷を買うほど儲かるかな？　本業以外の収入があるなら別だけど」

「引っ越したなら、荷運びの連中がいたはずだろ。さすがにそこはたんまり金を握らせて口止めしたろうけど、人の口に戸は立てられぬ。面白い話はないか、荷運び人夫や沖仲仕の多い酒場に出入りしてる奴らに聞いてみるさ。もし見つけられたら、どこから荷を運んだかわかるだろうからな」

　史三が副社長を務める土木業は日雇いの人夫を雇うことが多く、荒くれ者と接する機会が多いそうだ。晶が心配すると、仁義を通したうえで単純な暴力――つまり喧嘩で圧倒的に勝ってみせれば、むしろよく働いてくれるとけろりと答えた。

「喧嘩はともかく近づきすぎるなよ。鵜川家はあくまで商家だ。我らは法に則って国を発展させ、人々を豊かにするのが目的だ」

　柾一郎から釘を刺され、史三は首を竦める。

「肝に銘じるさ。俺には守るべき家族と社員がいる。誓って博徒相手に貸しを作るような真似はしない」

『家族』のところで史三の視線が晶へ向けられる。守るべきものに自分も含まれるのだと気づき、晶は尻の下がそわそわとしてしまった。

――告発――

さらにふた月ほど経った。庭園では濃い赤の秋薔薇(ばら)が咲き誇り、隣の本邸の庭ではススキの枯れ穂が揺れる季節となった。

朝から強い雨風が窓を打つ中、てるてる坊主のごとく雨合羽をすっぽりとかぶった男が一人、鵜川家の門を叩いた。

応対した丁稚が来客へ手ぬぐいを差し出し、代わりに男の雨合羽を受け取る。

用件を聞いたところ、なぜか濡れた鳥打帽子を目深にかぶったままの男は、洋館の主人へ取りついでもらいたいと言う。

聞けば古い友人だそうだが、名前は伏せたいと言い張られた。

伴もつけずに男爵家の妻へ会いたがる者をそのまま通すなんて、無理な話だ。丁稚は困り果てたが、ちょうど通りがかった女中頭へ判断を仰いだ。

女中頭は男の前にしゃがんで帽子の下の顔を覗くと、顔色を変えた。丁稚にくれぐれも口外せぬよう指示し、男を速やかに案内する。

本邸の女中頭が直々に知らせに来た来客の報に、晶はどうすべきか迷ったが、客間へ通してくれと使用人へ伝えた。

時計を確認し、しばらくすれば弐知弥が帰ってくる予定なのを思い出す。ハナへ彼が来たら知らせてくれと頼んだ。客間へ向かうと、部屋の隅に青白い顔をした忠典が立っていた。

人払いを頼まれ、お茶は自分が出すからと女中を下がらせる。ただごとではない雰囲気に、二人きりで会っては叱られることなど頭から吹き飛んだ。

「酷い顔色です。具合が悪いのでは?」

「……窓布を閉めてもらえるか。塀の上からこちらを覗く者がいるかもしれない」

大げさだと思いながらも、言われるがまま布を引く。元から雨で暗い部屋が薄闇に沈むと、安心したのか忠典はようやく椅子に腰掛けた。

「なにかあったのですか?」

「その……」

忠典にしてはやけに歯切れが悪い。唇は血色が失せ、寒そうだ。

寒い夜に母が身体が温まるからと、大事にとっておいた洋酒を紅茶に足して飲ませてくれたのを思い出し、晶はドアの外に控える女中に声をかけ、ブランデーを持ってきてもらった。

室内が暗いのを見て取り、女中が戸惑った顔をする。その視線に後ろめたさを感じたが、様子の怪しい忠典の前でひそひそと話をするのは気が引けた。黙って扉を閉め、再び二人きりになる。

忠典へ温かいですよと声をかけ、紅茶にブランデーを落としたカップを目の前に置く。

ゆっくりとティーカップを持ち上げた手はわずかに震えていた。ひと口飲んだ忠典は、そこでやっと鳥打帽子を脱ぐ。

「……怖ろしい背信行為をしようとしているんだ。けれど私は決めた、やらねばならぬと。失敗の可能性は大きい。成功しても裏切り者に変わりはないがね」

わけのわからぬ話に、正気を疑ってしまう。

「忠典様、なにをおっしゃっているのですか？」

残りを一気に飲み干した忠典の頬に、血の気が戻る。ふう、と大きく息を吐いた。

「いまは世迷言だと思ってもらってもいい。ただ……遺言じゃないが、誰かに私の意思を知っていてもらいたくてここへ来た」

「それは……私でよろしいのですか？」

「君と、先日お会いした柾一郎様に知ってもらいたくて来た。素晴らしい方だ。アー種の気配とはあれほど強いものだとは知らなかった」

母から聞いた噂が頭を掠めた。それでも、彼が嘘をつくわけがないと信じる気持ちの方が強かった。

「アー種なら忠典様だって——」

「違うんだ。違う。私はアー種ではない。私だけではない、父も、おそらく祖父の代からべー種だ」

「だって、そんな……」

耳にした噂を上回る話に、言葉が出ない。

「成島家付きの医者は嘘のバース判定をしている。私は奴から中学入学前にアー種だと判定されたが、心のどこかで納得できていなかった。ずっと自分が本当にアー種か不安で、アー種とはそもそもなんなのかと混乱もした」

いつも端然として見えた彼にそんな苦悩があったとは知らず、晶は息を吞んで続きを待つ。

「柾一郎様に会って、違うと確信が持てたよ。あのあと、避暑と称して地方の医師のところへ、平民のふりをして訪ねたんだ。幸い発情期のオメガがいるからと、すぐに判定試験を受けられた」

前回忠典が鵜川家に来訪した際、アー種らしくない自分を気にしていたのを思い出す。結婚を祝う他に、アー種である柾一郎に会うことも目的のひとつだったに違いない。

彼がどんな気持ちでひっそりとアー種判定試験に挑んだかと思うと、胸が詰まる。

「結果は……」

彼の表情を見れば予想がつく。それでも聞かずにはいられなかった。

「私はアー種ではなかったよ。発情中のオメガ種が使った茶器がどれか、当てられなかった」

「……確かなのですね？」

「一度の検査で、五度試す決まりになっている。茶器が入った桐箱を五つ並べられて、私はどれからも誘惑香を感じなかった。五回全部だ。そもそも、今まで生きてきて一度も感じた経験はないがね」

片頬を引き攣らせて苦笑する。清廉な気性の彼が、そんなふうに笑うのを見ていられず、晶は俯く。

「中学に入られる前に受けた検査では、五度とも当てられたのでしょう？」

「あのときは箱の中にひとつだけティーカップが入っていると言われた。そしてカップには誘惑香がついていると。残りの箱は空だとね。私はどれからも香りを感じなかった。とにかくひとつ選べと言われてなんとなく選んだだけだ。私が指した箱には五度ともティーカップが入っていたが、残りの箱が空だと示してはくれなかった。いま思えばどれにも同じくカップが入っていたのだろう」

確かに不安を覚えてもおかしくない。なにも言えずにいる晶へ、忠典は続けた。

「中学の頃は、そういうものなのだと思っていたよ。はっきりわからぬのが普通だと。だが、史三は最初から君の、オメガの香りを感じていたみたいだった。検査が間違っているのではと、一度それとなく父に申し出たが、頭ごなしに否定されたよ。私が疑問を挟む問題ではないと」

「それが本当なら、大事件です。政府を謀ったなんて知れたら……」

家の取り潰しどころではない大騒ぎになる。

「私はこの成島家の長年にわたる偽証を告発しようと思う。しかしこのことが知れてしまっては、あのご気性だ、父は私を殺しかねない。だからこそ、行動に移る前に私の意思を知っておいてもらいたかった」

覚悟を覗かせる強い口調で言い切ると、忠典は顔を上げた。酷い顔色が、義と家族への想い(おも)との間で幾度となく繰り返した懊悩(おうのう)を物語っていた。

「忠典様、せめて柾一郎様がお戻りになるまでお待ちいただけませんか？　直接お話しすれば、協力だって――」

「我が家の問題だ。鵡川家に迷惑をかけるつもりはない。それに、今日は御夫君方がいない時間を狙って来たのだ。彼らと会ったと誰かから父に伝えられたら、先手を打たれかねない。前回の訪問もいい顔をなさらなかった」

アー種と偽らせている息子が、本物が三人もいる家に出入りするなど、虚偽を知られるわけにはいかぬ公爵にとって、非常に不都合があるのは当然だ。

「そこまで警戒なさっておいでなのですね」

だから窓布まで閉めさせたのかと合点がいった。

「今日私がここに来た件も隠すつもりだ。もし私の来訪が漏れてしまったら、君にはしばし迷惑をかけるが逢引きをしていたふりをしようと思う。初恋相手のオメガに未練があると思われた方がマシだからな」

「……初恋?」

重苦しい空気の中、ぽつりと繰り返す。空耳だったろうかと思ったが、忠典の慌てた顔で、聞き間違いではないと知った。

「余計なことを言った。昔の……自分がアー種だと思い込んでいた時代の話だ。忘れてくれ、失言だ」

戸惑いながらも認める忠典に、晶の胸は急にだくだくと騒ぎ出す。失言ではないと、そう伝えたい気持ちが口を突く。

「た、忠典様に誘っていただいた芝居、一緒に行くのを心から楽しみにしておりました。誘われて、どれほど私が嬉しかったか、言い尽くせないほど浮かれておりました」

目を伏せたまま、忠典もあの日の思い出に浸る。

「……芝居に誘ったときの胸の高鳴りを、いまも覚えているよ」

「忠典様……」

押し出すように忠典が「灯りを」と呟く。

「灯りを点けてもらえないか。こんな薄暗い部屋で私と二人きりなんて、御夫君方に君が疑われる」

目元を手のひらで覆う忠典から、苦悩が窺えた。

「ついさっき、私と逢引きしていたと、そう嘘をつけとおっしゃったのに？」

いじわるな物言いをしたと、言ったそばから後悔する。

駆け引きめいた素振りをするつもりはないのに、自分はなにを言っているのか。

「御夫君方には正直に伝えてもらっていい。ただそれ以外は、使用人含め漏れる可能性がある。成島の関係者がどこへ潜んでいるか知れないのだ」

「お一人でいらっしゃったのも、使用人に知られぬためですか？」

「その通りだ」

晶は客間のシャンデリアを見上げる。電灯式だが、自分で灯した経験はない。どこに栓があるのか知らなかった。自分の寝室にある電灯は壁に取りつけられ、いつもハナが栓を捻って消灯してくれる。電球と傘の間のつまみを捻る方式なら晶にも勝手がわかるが、この洋館では使用人たちが使う部屋に行かねば、そんな庶民的なものはない。

扉の外の女中を呼び入れるのは、先ほどの疑わしいまなざしを思い出すと避けたい。ほんのわずかな後ろめたさもあった。

視線を巡らせ、棚に置かれたランプを見つける。棚から脇の小さな卓に下ろし、燐寸（マッチ）を擦ろうとしてもたついた。

丸く頭薬がついた棒の先端を、燐寸箱のざらりとした側面に擦りつける。うまく擦れずにいると、忠典がそばへ来た。

「貸してごらん。私が点けよう」

晶の手から燐寸棒を受け取ろうとして、一瞬、指先が触れる。

「あ、」

動揺したのか、彼が摑むより先に手を離してしまい、燐寸が落ちる。

屈もうとすると引き止められた。

「いや、私が拾おう。明かりを点けろと言ったのは私のわがままだからな」

自分の足元に膝をつく忠典の頭を見下ろしながら、最前の会話を反芻する。

――初恋とおっしゃった。忠典様も私を好いて……。

嫁いだ身が抱いてはならぬ感情だ。芽生えたがる想いを心のうちで抑えつける。

立ち上がった忠典が燐寸を擦る。瞬間、りんが燃える独特の香りが立った。

小さな火が成長した忠典を照らす。節立った指は記憶の中の少年のものからは程遠い。

面を上げると、すぐそばに顔があった。何度も恋しく思った涼やかな目元が晶を見つめる。

視線がひたと合う。互いになにかを言い出そうとし、同時に黙る。

「あっ……」

彼が小さな声を上げた。ぐずぐずしているうちに火が棒の根元へ迫る。

「いけない」

慌ててランプのほやをずらし、忠典に火を移してもらう。灰皿に短くなった燐寸棒を落とす彼の横顔を見た。

「忠典様、私も……私の初恋も……」

灰皿を見下ろしたまま、忠典はこちらを見ようとしない。

「……君は美しい。オメガ種だろうとなかろうと。馴れ馴れしい平民を厭う私と、君を慕う史三君の間で困っていたのも、君の心が美しく、優しいからだ」

「私も忠典様のお心の美しさを――」

言い募ろうとする言葉は、忠典に遮られた。

「私は弱い。君の家に嫌がらせをしていた父上に、なにひとつ言えなかった。私では君を守れない。君のためになにもしなかった。君を守れるのは成島家に屈せず、立ち向かう力と覚悟を持った鵜川の方々だ」

「忠典様……」

そこで初めて忠典はこちらを向く。ランプの灯りが、彼の瞳に浮かんだ諦めの色を浮かび上がらせる。

「初恋だった。幼い恋だったのだ。これは過去の思い出のひとつ、そうだろう?」

孤独な月日を支えた想いを否定したくなかっただけで、晶もまた道ならぬ思いへ踏み出すつもりはなかった。違う姓となったいまでは、懐かしささえ感じる想いは、思い出と呼ぶのがちょうどいい。

「……はい。でもこれだけは知っていただきたいのです。十一年間、屋敷に閉じこもって暮らす間、私の寂寥(せきりょう)を慰めたのはあの頃の思い出でした」

「その思い出には私もいるが、史三も弐知弥先輩もいる。そういうことだ」

憎いと思っていた兄弟の名が出る。忠典がどう言おうと、嫁いだ当初なら苦々しく思っていた事柄が、いまはすんなりと納得できた。

八つ当たりだとしても憎まずにはいられなかった憤りは消えていた。

「心もとない灯(ともしび)で君の姿を見るのは、目の毒だな」

身体ごと顔を背けられ、広くなった背中を見つめた。

その背を引き留める気は起きなかった。離れていく背中に感じるのは懐かしさと感謝の気持ちだ。

――本当に過去になったのだ。

忠典は振り返らぬまま椅子へ戻り、腰を下ろす。晶がランプをテーブルの端に置く音が、静かな客間に響いた。

「……苦しんでいらっしゃるときに、余計な昔話をしてしまいました。すみません」

二人の間に一瞬、陽炎のごとく立ち上った感情は、瞬く間に消え去った。思い出だけを胸に、晶は忠典の正面へ戻る。

「私が余計なひと言を口にしたせいだ。余計ついでにもうひとつ言わせてもらいたい」

「なんでしょうか？」

晶の声音にかすかな警戒心が滲む。

「自分がアー種とは違うと感じていた私は、西洋のバース性に関する本をこっそり取り寄せた。そこに、君のように身体が成熟するより早く、最初の発情を迎えてしまう者たちの症例が書かれている箇所があったんだ」

「あの日は鵜川家の三兄弟が一緒にいるところに出くわしたのが糸口となり、身体が変調をきたしてしまったのです。もしやそれは、アー種からふしだらな欲望を向けられるとそうなると書かれていたのでは？」

晶が自分の予想を伝えると、忠典から気の毒そうに「もっと早く伝えるべきだったね」と言われる。

「その本には、特別相性のよい番相手と見えると、発情が早く起こる場合があると書かれていた。俗な言い方では運命の番と呼ぶそうだ」

「運命？　違いますよ。史三や弐知弥先輩と出会ったときは平気でしたから」

「では、柾一郎様が君の運命の番なのかもしれない。複数婚ではうなじを噛む番の契約は行わないし、本当にそうなのかは本人同士でなければわからぬ。あくまで推測だ」

「柾一郎様とは確かにあのとき初めてお会いしましたが……」

「他の二人となにか違うと感じることはないのかい？」

「それぞれ性格は違ってらっしゃいますが、特に誰と相性が良いとか悪いとか、考えもしませんでした」

「それはそれは。当てられてしまったな」

くすりと笑われ、晶はムキになって否定する。

「のろけたつもりはありません！」

「それだけ、どなたの御夫君からも大切にされているのだね。よかった」

温かい笑みを向けられ、いたたまれずに俯く。すべて否定してしまいたい気分だったが、大事にしてもらえているのは確かだ。忠典へ嘘はつけない。

「それは……そうかもしれません。饗庭の家にいた頃より、のびのびさせてもらっております」

「花嫁殿にご満足いただけているようでなによりだ」

声のする方を振り返り、晶は驚きの声を上げる。

「弐知弥先輩！」

いつの間にか開かれた扉の先には、弐知弥が立っていた。

「お戻りになられたのなら、声をかけてくだされればいいのに。ノックもなさらず、立ち聞きとは酷いです！」

肩をひょいと上げて不敵に笑った彼が大きな歩幅で進み、晶の隣へ立つ。

背丈のある彼の身体から、香水とは違う香りが漂う。もっと身近に、寝台の中でこの香りを嗅いだ仲となったのだと、急に意識した。

両親や、前回忠典が来訪した際には感じなかったのに、いまは交わった相手だと客人に知られているのが気恥ずかしい。夫たちに娶せられた自分が彼らと交わるのは、ごく自然ななりゆきで恥じるようなものではないのだが。

――なぜだろう。動転しすぎてしまったからかな……。

「使用人が、晶がなんの先触れもなしに来た客人と、部屋を暗くして閉じ籠もっていると聞いて慌ててね。僕たちの花嫁に手を出されたのかと心配したが、あなたでしたか」

「先輩、ご無沙汰しております。彼に内々の相談があり、人払いをしてもらっておりました。まぎらわしく、申し訳ありません」

立ち上がった忠典が深々と頭を下げる。弐知弥は穏やかに応じた。中学では弐知弥の方が先輩だが、家格としては忠典が上のため、二人は互いに敬語で話す。

「ようこそお出でくださいました」

忠典は不動産売買の商談で弐知弥のホテルを利用する機会があり、二人は卒業後も何回か顔を合わせていたらしい。

握手を交わすと、早々に本題に入る。

忠典により再度、自分がアー種ではないと確信するに至った経緯が説明される。

「父が饗庭家へ嫌がらせをしているのは、知っていました。そしていまは鵡川家への嫌がらせに血道を上げているのも。道理もへったくれもない酷いやり方だ。そして臆病な私は父に進言できず、見て見ぬふりをしてきました。卑怯者のくせに継嗣などと持ち上げられ、私は阿呆で恥知らずでした」

「それは、忠典様のせいではありません」

阿呆なわけがないと言いたかったが、忠典の気持ちを汲み、緩やかな否定にとどめる。

「父に正義はない。柾一郎様に会って確信しました。アー種の本当の威厳と圧倒的な存在感を。あんなものを見せつけられては身分もなにも吹き飛んでしまう。政府が鵡川家を避けるわけだ」

「政府が？　弐知弥先輩、なぜそんな仕打ちに遭わねばならないのですか？」

弐知弥を見遣るが、彼は黙したまま答えてくれない。代わりに忠典が説明してくれた。

「政府が特定の政商ばかり指名して鵡川家と組みたがらぬのは、彼らがこれ以上ないほど濃いアー種だからだよ」

「政府にもアー種の方は多くいらっしゃるではありませんか」

「おそらく、ご兄弟に比べれば薄いのだと思う。鵜川家の三兄弟は、私がこれまで会った貴族や政府高官のアー種たちとはまったく違う。私がはっきりと自分がベー種だとわかったくらいだ。他のアー種たちは、その濃さを私よりずっと強く意識しているに違いない」

「濃いからと言って、すぐになにか困る出来事が起きるとは思えませんが？」

「そんな特別なアー種を受け容れたら、自分たちの利権が奪われてしまうと考えているのだ。同じアー種だからこそ、その優劣を敏感に感じ取ってしまうのだろう」

忠典の説明に苦く笑った弍知弥が、口を開く。

「鵜川を嫌い、勝手な噂を流しているのは、公爵殿だけではありませんからね。いるだけで嫉妬を買うようです」

晶は自分が耳にした噂のほとんどがそういった人のやっかみが出どころだったのだと知る。

「とはいえ鵜川家は相当な力をつけている上、平民たちからの支持も厚い。大陸で現地の者たちと悶着して手こずる政商ばかりあてにしては、みすみす貿易拡大の好機を逃すと考える者たちも出ています」

忠典の言葉に、弍知弥は思うところがあるのか、再び無言になる。

代わりに晶が尋ねる。

「それは政府内でも鵜川家容認派と否定派に割れているという意味ですか？」

「否定派の一人が私の父です。成島家の醜聞が明らかになれば、同じ派閥の者たちと医者のバース偽証疑惑が芋づる式に炙り出されるでしょう」

まるでアー種と騙る者が複数存在すると確信している口ぶりだ。問題の深刻さに、晶も弐知弥も息を呑む。

弐知弥の厳しい声が忠典へ覚悟を問うた。

「忠典殿は僕たちに成島家の醜聞を利用しろとおっしゃっているのですか？　本気でご自身の家を潰すおつもりで？」

「私はなにもかも明らかにするつもりです。もう偽り続けることはできません。こんなペテンはやめにすべきです。いままでの罪滅ぼしだと思って、我が成島家を利用していただきたい」

思い詰めた顔に晶の不安が募る。

「忠典様、どうなさるおつもりか存じませんが、そのお顔はまるで――。そのままでは行かせられません」

「負け戦だとしても、欺いて生きるのは嫌なのだ」

彼の口調は死までも覚悟したような決然としたもので、それ以上は口を噤まざるをえなかった。弐知弥が身を乗り出し、声を潜める。

「……お決めになられたのですね」

「新聞社に話すつもりです」

忠典もまた声を落とす。

すっぱ抜いたネタで新聞社が号外を撒いたとして、それでどれほど政府が動くのか。晶の疑問はあながち間違っていなかったらしく、弐知弥にそれでは勝てないと指摘され、忠典は眉を顰めた。

「忠典殿、ことがことですからしくじりは許されません。本気で勝ちに行くならば力をお貸ししましょう。貴殿がおっしゃるように、どうやらナマズは公爵殿だけではない。ナマズの権力次第では、新聞社ごときでは勝ち目は薄いのです」

負けが見えれば、どの新聞社もアー種判定にまつわる醜聞を記事にしない可能性もある。弐知弥は協力への意欲を、抑えつつも強い口調で示す。

「根回しをする時間をいただければ、確実に勝てる方法を見つけましょう。やるなら勝たねば」

前のめりになる弐知弥に忠典は渋い顔だ。

「しかし、ご迷惑をおかけするつもりは――」

「迷惑ならとっくにかけられていますよ。僕のホテルは下品だなんだと悪評を立てられている。うちの主たる顧客である仏蘭西人(フランス)も英国人(イギリス)も首を傾げていますがね」

不敵に笑う弐知弥の表情から、これまで堪えてきた憤りが感じられた。これほど感情を表すなんて、普段の紳士然とした彼には珍しい。

　戦う意思を滲ませた精悍な横顔に、晶は束の間見惚れてしまう。

「父の横暴を許してきた私の責です。ホテルだけではない、鵡川物産や鵡川土木にも嫌がらせを……申し訳ありません」

　一層肩を落とす忠典へ、弐知弥が励ましの言葉をかける。

「バース性がなんであろうと、忠典殿が我らの花嫁の親友でいらっしゃる事実に変わりはありません。そして実際、あなたは良識のある賢明な方でいらっしゃいます。件の医者は成島公爵家の元屋敷に住んでいるのですよね？　その情報をいただけますか？　そこから崩していきましょう」

「ならば、新聞社に駆け込むのは最後の手段にいたします。あなた方を信じます」

　覚悟を決めた忠典へ、策が決まり次第、弐知弥から忠典だけにわかるやり方で連絡すると約束した。

——発情——

その夜、帰宅した柾一郎と史三に弐知弥は忠典が来た件を話した。

それぞれ仕事絡みの会食があった二人は、談話室で弐知弥とともにスコッチウィスキーを分け合う。

「私も確認したが、オメガの誘惑香が香ったからとアー種がいちいち苦情を申し立てるのは下品だ、香っても堪えるべきだと言われ始めたのは、先代の成島公爵が発端らしい」

柾一郎から晶も酒を勧められたが、ひと舐めしただけで残りを隣に座った弐知弥へ渡した。それに史三が嫉妬の視線を向けつつ、口を開く。

「アー種同士にしか理解できぬ話をさせないためだな。よく考えたもんだ」

自分の隣ではなく、弐知弥の隣に座ったのが気に食わないのだとすぐわかった。

——今日は忠典様がいらっしゃったし、夕食だって二人きりだったから……。

帰宅したばかりの彼らは外界の空気を纏い、よそよそしく感じられて馴染むのに時間がかかるのだと、そんな言い訳めいた考えに思考が逸れる。

史三が乱暴に胸元のネクタイを抜き、シャツのボタンをいくつか外す。張り出た喉仏と胸元が覗き、自分はこの男に抱かれているのだと思ったら、妙にもじついてしまった。

柾一郎は緩めるだけにとどめたが、気怠い仕草は大人の色気が漂う。

「マナーだから堪えているが、よく皆平気な顔をしているものだと、愚痴をこぼしているアー種は少なくない。彼らは官尊民卑の政治に思うところがあり、鵡川家に好意的だ。なにかと情報交換できている。いよいよ本腰を入れる時が来たな」

柾一郎の言葉にそれぞれ重々しく頷き、グラスを傾ける。

——彼らは私の夫なんだな……。

当たり前すぎる現実を改めて嚙み締める。初恋に明確な終わりが区切られた途端、そぞろに意識してしまうなんて、自分の虫のよさに我ながら呆れてしまう。

三人は今後の方策をしばらく話し合っていたが、晶は身体が怠く、先に寝室に下がらねばならなかった。

本音は晶もその輪に加わっていたかった。後ろ髪を引かれる想いで部屋をあとにする。夫たちともっと一緒にいたいと思っている自分は、どうやら彼らを受け入れる気でいるらしいと、他人事のようにぼんやり思う。

——夫たちを好ましく思おうと努力をしているつもりはないのだけれど。

自室に戻ると、館内に通ったスチーム暖房の配管が部屋を暖めていた。雨脚は弱まったが、朝からの雨はまだ続いていた。

雨粒が滴る窓を、ほんの少し開く。

どこで聞いても雨音は同じだと、たわいもない感想を覚えつつ、湿った冷たい外気を吸い込んだ。

——発情が始まる……。

憶えのある感覚にまなざしを曇らせる。ハナに伝えると、いつもより少し早いですねと言われた。

「早いと言っても一週かそこらしか変わらない。大体は予定通りだよ」

夫たちの存在によって自分が変わっていくのを見抜かれたくなくて、いつもと変わらないと強調してしまう。

「今回、お薬はいかがいたしましょうか？」

「念のため用意してくれ」

発情はオメガ種がアー種の精を体内に受けることで落ち着く。期間中にそばに婚姻したアー種がいるならば薬は不要だが、薬なしで過ごすのは初めてだ。不安はあった。

これまでは始まる都度服薬してきたが、効きには波があり、完全に疼きが収まるわけではない。人前に出られぬ状況に変わりなかった。

「旦那様方にお伝えしてまいりますね」

「すぐさま始まると思われては困る。遅ければ明後日(あさって)かもしれない」

「合わせてよくよくご説明しておきます。旦那様方も初めてでいらっしゃるでしょうから、戸惑いもおありでしょう」

そう言いながら、ハナは手際よく晶を着替えさせていく。

「オメガ種である以上覚悟をしてきたつもりだが、薬がなければ私は……獣のように乱れてしまう」

「旦那様方は発情中もいままで同様、お優しくしてくださいますよ。アー種は自分のオメガに喜んで尽くすものだと聞いております」

それはここに来て最初の二日間を知らないからだと晶は言いたかったが、説明するわけにもいかず押し黙る。

「発情期の間は一層愛が深まって仲睦(なかむつ)まじくお過ごしなさるでしょうから、ハナは奥様と旦那様方の邪魔にならぬよう、影となってお尽くししますからね」

「奥様とは私のことを言っているのか？」

「当然でございます。饗庭子爵家のご子息を妾のごとく扱うわけがありません」

「奥様なんて呼び方より、名前で呼んでおくれ」

「かしこまりました。ハナはいつでも晶様の味方です。本当にお辛いなら、ハナが仮病でもなんでも使って旦那様方の来訪をお断りいたしますし、発情のお薬もお出しします」

晶の不安を察し、気遣ってくれる。

「ありがとう。本当に嫌になったら、頼むよ」

ハナを下がらせてから寝台へ横になった。

このまま発情を迎えて三人に抱かれるのだと考えた途端、身体の奥が潤むのを感じた。

――あれほど抱かれるのが嫌だったはずなのに、身体が期待している。身も心もこうして私は変わっていくのだろうか……。

その後、ハナから湯の準備ができたと告げられる。

風邪での発熱と違い、発情の熱は水浴びや湯の方が落ち着くので、使っていた。

スチームを切るよう伝えてから、部屋の続きに用意された浴室で汗を流す。今日は金曜だから順番では柾一郎だと思いつつ、浴衣（ゆかた）姿で寝室に戻る。そこにはすでに彼がいた。まだ上着を脱いだだけで、スーツ姿のままだ。

暖房は切られ、細く開けられたままの窓から静かな室内へ、冷えた空気とともに雨音が入り込む。発情に向けて体温が上がっていた晶には、心地よい。

湯冷めするといけないからと、寝台を勧められる。

大人しく従うと、柾一郎は窓を閉め、マットの端に腰かける。夜具を肩まで引き上げてくれた。てっきりさっさと脱がされるのだと思っていたから少し意外だ。

脇から手を出し、晶から手を握った。そうすると少し気持ちが安らいだ。ひんやりとした柾一郎の甲や爪を、指の腹でなぞる。

顔を上げると、穏やかな視線が絡む。口を開こうとしたところで、柾一郎が一瞬眉を顰めた。

「どうかなさいましたか？」

「雨が……」

「雨が？」

柾一郎は物憂い顔で髪をかき上げる。

「昔から天気が悪い日は、頭痛に悩まされるんだ。時々刺すように痛む」

「……こちらにいらしてください」

意味がわからずぼんやりしている彼へ向けて、上掛けをめくった。

「どうぞ。冷気が入りますから、早く」

急（せ）かして、ようやく招き入れる。

寝台の中で緩んだネクタイをさらに引き、襟と首の間にすき間を作った。手を伸ばし、うなじへ直接手のひらを当てる。

「首を温めると頭痛がよくなると聞いたことがあるんです。いまの私はいつもより体温が上がっているので、柾一郎様を温めて差し上げるのにちょうどよいかと思ったのですが……説明するだけで充分でしたね」

言うだけで事足りたと気づく。考えなしに自分の隣に呼び入れるなんて、娼妓（しょうぎ）のような振る舞いだったろうかと恥じた。

手を引こうとすると柾一郎の手が重なり、引き留められる。

このまま続けていいという意味だろうか。ならばと再び首の後ろへ両手を当てる。上から重ねられたままの手は動かない。

間近で柾一郎の黒い瞳を見つめた。

「あぁ、君の手は心地よいな。頭痛が和らいできたよ」

「よかった」

互いの吐息が頬に鼻に、唇にもその空気の動きを感じるほど近いのに、接吻もせずに見つめ合っているのがなんだか不思議だ。

一向に手を出さない柾一郎に焦れ、足先で彼の脚をまさぐった。裾から中へつま先を入れると、ひやりと冷たい。こんなに冷えているのに暖房の切られた部屋で寒さを堪えながら待っていた彼を、いじらしく思う。

つま先をつつ、と下ろせば、靴下の柔らかな生地が触れる。火照りを吸わせようと冷えた脚へ絡めた。

「いつも以上に君の香りが濃いな。もう発情が始まっているのか？」

「どうでしょう。いま香っているのは私の誘惑香ですか？」

「おそらく。まだ香り始めた程度だが」

こくりと目の前の喉が鳴った。滑らかな肌の上の突き出た場所をぼんやり見つめていると、ようやく浴衣の下へ手が伸ばされる。

「そういえば柾一郎様に聞きたかったのです。運命の番というものをご存知ですか？　私の早すぎる発情は柾一郎様と初めてお会いした日に起こりました。忠典様が、それは柾一郎様と私が運命の番だから目覚めてしまったのだと。あの……そうなのでしょうか？……でも違いますよね？」

「なぜ違うと？」

「運命の番なら互い以外、目に入らなくなると聞いたので。それに、柾一郎様にはお妾様がいらっしゃるのでしょう？」

「待て、どうすればそんな話になるんだ」

「ええと、どうだったかな……なんでそう思ったんでしたっけ」

理由なんてどうでもいいじゃないか。そんな面倒臭さを感じるのは、考えるのが億劫になっている証拠だ。軽く酒に酔ったときの感覚に似ている。それより浴衣の合わせに差し込まれた手が止まっている方が気になる。

「私にはこれまでもこれからも君以外いない。誰がそんな嘘を吹き込んだ？」

「柾一郎様ほどのお方が、三十にもなって誰もいないわけがありません。それに……週に一度で平気でいらっしゃるし。史三はあんなにぶうぶう文句を言っていたのに」

「ぶうぶうか。あの史三が君にだけは甘えた顔を見せるのは面白いな。だが、それだけで私に妾がいると思い込んだのか？」

晶は自身で浴衣の袖から腕を抜き、柾一郎のネクタイを解く。夜具のすき間から入った冷気が素肌を掠めた。

「忠典様とお会いなさったときに、柾一郎様がオメガを愛したことがあるとおっしゃったので」

「そんな発言をした記憶はないが？」

「ご自分を、愛するオメガと繋がる歓びを知っている幸運な人間だと」

「君に決まっている」

腕が伸ばされ、羽根布団の下の身体を抱き締められた。素肌の上を柾一郎のシャツの布が滑っていくのが心地よい。

「それをおっしゃったのは私がこちらに来てから三日しか経っていませんでした。史三や弐知弥先輩とは違って、私とは見合いをするまで一度しかお会いしていなかったのに？」

「その三日で愛するようになったとは思わなかったのか？」

こめかみにそっと唇が触れる。話を邪魔された気がして、手を突っ張って遠くへ押しやろうとしたが、先ほどまで頭痛に悩まされていた大きな身体は動かない。

「私がオメガ種だからですか？」

「違ったとしても君を気に入ったと思うがね。なんとも不思議だが、最初に見たときから気になっていた」

頬に触れたまましゃべるから、くすぐったい。身を捩ると、一層強く抱き締められてしまった。

「十一年前、学校の廊下で三人ご一緒のところに私が行き会ったときですね」

バンカラ学生とは違い、上品な佇まいに見惚れた記憶がよみがえる。

「実はそれより前に会っている。私が落とした帽子を拾って学校の事務室へ届けてくれていたろう。君が私の帽子を事務の男へ渡すのを見た。声をかけたかったが、急いでいるようだったのでかけそびれたのだ。そのときにすれ違っている。君は立ち止まって私に礼をしてくれたよ。あっという間に小走りで行ってしまったがね」

「そういえばどなたかの落とし物を届けた記憶はありますが……」

「あのあと君を見つけて、合流した弐知弥に野兎(のうさぎ)のような子だと話したら、勝手に見るなと怒られたよ」

自分を腕の中に囲う男を見上げる。男もまた晶を見つめ、鼻先へ唇を触れさせた。

「柾一郎様とは運命の番ではないと？」

「本当に君と私が運命の番なら、体臭のついた帽子を持っただけでなにか変調があったはずだ。私に礼をしてくれたときだって、君になにも感じた様子はなかった」

「では、なぜあれほど早く私に発情期が来てしまったのでしょう？」

彼の手が浴衣の帯を解き、背中や腰、身体の輪郭をなぞるように何度も手を滑らせる。

まるで自分が飼い猫にでもなった気分だ。

「もしかしたら我ら三人そろって初めて、君の運命の番となるのでは？　だとしたら説明がつく」

「そんなことあるのでしょうか？」

「そもそも運命の番自体、実在するのか怪しいのだ。気になるか？」

頭を撫でた手が耳をくすぐる。首を竦めて小さく笑うと、柾一郎も目を細めた。

「理由がわかるなら知りたかっただけです。自由に学校へ行けた日々が早々に終わってしまった悔しさを、仕方なかったのだと自分を納得させたいのかもしれません」

「苦しい思いをさせたな。我ら兄弟には共通点がある。皆、君を最初に見たときから惹かれていた。運命の番だと君が思ってくれるなら、私も嬉しい。それとも、運命の番でなければ、君に好いてもらえないのか？」

「まさか。そんなわけは……」

反射的に出た言葉は、あたかもあなたたちを好いていると告白するも同じだと気づき、語尾を濁す。

「では好いてくれている、と思っていいのかな？」

柾一郎は晶の尻をひと撫でし、メリヤス地の下着をするりと下ろす。

「それは……私を言いくるめないでください」

尻の狭間を探ろうとする手を摑み、軽く睨む。

「君が私と運命の番だと言うから、一瞬でも独り占めできた気がして嬉しかった」

「そうだと頷いたってよろしかったのに、そうはなさらないのですね」

「偽るのは性に合わない。なにより鵡川の男は皆嫉妬深いのだ。嘘をついて君の心を独り占めしたら、会社を巻き込んでの大喧嘩になりそうだ」

「柾一郎様も嫉妬なさるのですか？」

「当然だ。商談に君を連れていったときは、商談相手だけではなく、うちの社員たちも君に心を奪われていただろう？　男の肌を知った君は目に毒だと身に沁みもした」

「では、もう表に出してはいただけないのですか？」

籠もる生活は慣れているが、あのときは心底楽しかっただけに残念だ。口元を尖らせ、恨めしげに見上げれると微笑まれた。

「妻に甘い男だと笑わないでくれるなら、機会があればまた連れていこう。そう可愛い顔をするな」

「ねだったつもりはありません！」

「その態度が可愛いというのだ」

「もしや私を馬鹿にして遊んでらっしゃるので――」

言い終わらぬうちに顎を持たれ、口づけされた。優しく舌をすすられながら、男の指に胸の先を嬲られる。指の腹で転がされると、腹の奥が疼いた。

柾一郎の愛撫は的確で、晶が駄目になってしまう場所と加減をよく心得ていた。

唇を吸われながらとろりと潤ませた瞳を開けば、間近の男もまた晶を見る。甘噛みされて軽く引かれた下唇からゆっくりと唇が離れた。

晶を見るまなざしは強い光を秘めている。

「朝まで一緒にいてくださいますか?」

「君の隣は温かいからな」

――私もです。あなたの体温がそばにあるだけで、心の奥がほっと緩むのです。

口にするには恥ずかしい言葉の代わりに、口角を引き上げて笑みを作る。

男の頭が下がり、布団の中へ潜っていく。胸先を吸われながら、股の間で緩く立ち上がるものを優しく扱かれる。晶が興奮していることを確認してから、オメガの反応で潤んだ後腔(こうこう)をまさぐられた。

「あぁ……」

じゅるじゅると音を立てて乳首を吸われつつ、窄まりに突き入れた指で感じるしこりを丁寧に、それでいて執拗にいじられる。

疼きが倍々に増し、ねっとりとした情欲が湧き上がる。シたい、と素直に思った。脚を男の胴へ絡ませる。かかとをシャツの上に滑らせながら、早く早くと願う。

「もう、シてください。挿れて……柾一郎様、お願いです」

焦らされるのに耐えきれず、恥と知りながら懇願した。窄まりを無遠慮に穿つ指が、ぐっと奥へ押し込まれ、晶は息を詰めて身体を震わせる。

「夫相手にいつまで馬鹿丁寧に『様』をつけるのだ？」

この期に及んで、なぜいまその話なのだと、波のように晶を襲う官能に声を揺らしつつ、答える。

「旦那様相手に馴れ馴れしい口はきけません」

「弐知弥や史三にはそうでもないぞ」

不満そうな声とともに三本に増やされた指で張りつめた部分を擦られ、しどけない声を上げさせられる。

「あっ、あっ……して、柾一郎様、もう、もうしてくださいませ」

「違うだろう？　言い直せ」

嫉妬しているのだと察し、なんと可愛らしいことを言う夫なのかと束の間言葉を失う。

「……柾一郎さん、酷いです。そんな言いがかりをつけて私を苦しめるおつもりですか？」

眉間に皺を寄せ、わざと顔を顰める。

「そう綺麗な顔で睨まれるとすぐに謝ってしまいたくなるな」

「では、早く柾一郎さんをくださいませ」

ようやく身を起こした男がベストを脱ぐ間、先に全裸になった晶はシャツの前を開くのを手伝った。そしてシャツを脱ぎ捨てるときには、細い指で柾一郎のズボンの前立てを探り、貝ボタンを外す。

「いま、君の誘惑香が一気に立ち上ってきた。なんてたまらなくいい香りなんだ」

感激した柾一郎はズボンを脱ぎかけたまま、思わずと言った様子で晶を引き寄せる。そのままうなじをべろりと舐められた。背中を撫でた手は、再び胸で止まる。薔薇の花弁のごとく色づいた尖りを指先でつままれ、声が漏れた。

それではまた焦らされてしまうと、晶は男の腕から逃れ、自ら四つん這いになって振り返る。

「もう始まりましたから……はやくここに……」

ためらいもなく、はしたなく誘った。自分でも完全に発情期へ入ったのがわかった。

こちらを凝視したまま、柾一郎は寝台の上で手早くすべてを脱ぎ去る。硬い筋肉で覆われた身体の中央には、長大すぎて歪にも見える陰茎が勃ち上がっている。

凶悪なそれをあてがわれ、安堵に似た喜びに包まれる。早くねじ込んでほしくてたまら

ない。

「やっといただけるのですね……あぁぁ……」

「凄まじいな……これは……なんて具合だ」

堪えた声を零しつつ、柾一郎はぐぷぐぷと徐々に奥まで自身を含ませていく。緩んで濡れたそこが男の図太い肉で限界まで引き伸ばされる。待ち望んだ奥を押し広げて進むものを、晶はうっとりと受け入れ、達した。

「あ、あっ……あぁぁぁぁ……」

すすり泣きながら歓喜の声を上げ、寝台へ崩れ落ちる。

「くっ、だめだ、引きずられる」

悔しげな声を上げつつ、柾一郎もまた果てる。男の身体の重みを背中に感じ、束の間の充溢に息を吐く。しかし、さほど間を置かずにまた欲しくなる。尻の狭間に含まされたままの男根も、力を取り戻している。

「晶、今度は一番奥までいいかい？」

こくこくと頷く。そうだ、それが足りないのだと身体が欲しがり、唾を飲み込むように男を咥えた部分が蠢く。

男が身を起こす。腰を引き寄せられ、尻だけ上げた形で穿たれた。いい場所を張り出た肉で打たれ、よすぎて息が詰まった。

腰を引く拍子に引っ張られたことで、亀頭球がむくむくと出現したのを知る。内側をさらに押し広げられ、やるせない苦しさと快感につま先を丸め、声を上げた。身体を捩って振り返れば、髪を乱した柾一郎が不敵に笑う。

「これがアー種の証だ。腹を括っておくれ」

オメガの身体が最上級のアー種を捕らえた喜びに沸き立つ。

——もっと、もっと欲しいのです。

絡めた視線で訴える。

そこからは互いに我を忘れて求め合った。

肉と肉が打ち合わされる音は、夜更け深くまで続いた。

朝方、汚れたままの身体で再度交わった。

体内へたっぷりと注がれたアー種の精は、オメガ種の発情を一時的に治める効果がある。柾一郎とともに寝台で朝食を取る頃には、頭はぼうっとしていたが、発情の熱は収まっていた。

途中で記憶が飛んでいるのか、どうしてこんなにと首を傾げてしまうほど敷布が濡れている。そこを避けて腰を落ち着けると、柾一郎に声を出して笑われた。

君が潮を吹いたのだと言われたが、シオとはなにかと問うと、今度は歯を見せて笑われる。

——柾一郎様がこんなふうにお笑いになるなんて……。

目を瞠って驚く晶へ、再び柾一郎は最上の笑みを見せ、頰に音を立てて接吻した。

今日は外せない仕事があるのだと、頭の上で残念そうな声が響く。

鵜川土木を絡めた大陸での港湾建設事業の入札など、いくつも案件を抱えて多忙らしい。

そんな柾一郎は、晶を浴室まで抱いて運ぶとそのまま仕事へ出ていった。

湯舟の中で見送った晶は、ゆっくりと身を清める。

——発情時に精を受けると、こんなに楽になるのか。それとも運命の番の精だと特別だったりするのだろうか。

いつもと違う身体の調子に驚く。薬で抑えるのとは身体への負荷がまったく違った。

一人で過ごしていたときは身体の芯にコールタールでも塗られたような重苦しさがあった。頭の芯が重く痺れてしまい、考え事をするのも向かない。

普段に比べれば、いまもどこかぼんやりしているのは否めないが、それでも普段よりずっと楽なのは間違いない。

これならば、昼すぎまで気にせずに過ごせそうだと感じた晶は、午前をミシンの作業部屋で過ごした。

いつ体調が変化してもいいよう、今日は道具の手入れや、修理するミシンの掃除に専念した。

前当てズボンに着替え、墨のごとく真っ黒な古い油を拭き、新たなものを差す。

金属部品に浮かんだサビを丁寧に取り、足踏み板の鉄枠も拭いて磨いてピカピカにした。

工場に戻ればまた踏まれて汚れるとしても、古く汚れたミシンと銀色に光るミシンとでは扱う側の気持ちも違う。修理はもちろんだが、大切に使われてほしいと願いを込めて磨き上げた。

扉がノックされる。応じると、インバネスコートを羽織ったままの弐知弥だった。

「てっきり麹町のホテルかと思っておりました」

床に並べた部品を座って磨いていた晶は、敷居際に立つ弐知弥を見上げる。

「朝に出掛けていま戻ってきたところだ」

背後に控えていた女中に脱いだコートを渡すと、扉を閉める。その表情は険しい。

「なにか問題が起こったのですか？　また嫌がらせが？　昨日の忠典様の来訪が成島様に気づかれたのでしょうか」

「いいや、何事もないさ。ちょっと、ね……」

怠そうな様子が気になった。

「もしや、寝てらっしゃらないのですか？」

「それより、兄さんから充分にしてもらえたみたいだな」

閉じた扉に背を持たせかけた弐知弥は話を逸らした。言いたくないならばと、あえて追及せずにおく。

「……聞こえてしまいましたか？」

「聞こえなかったよ。だが、夜中にかすかに君の誘惑香が漂ってきて、たまらなくなって、仕事にかこつけて屋敷を出たんだ」

そういうことかと腑に落ちた。

「ご迷惑を――」

「違う。迷惑なものか。君に三人の夫を持たせたのは鵡川家だ。だから僕たちが堪えればいいだけで、君が謝る話じゃない」

――輿入れした以上、私だって鵡川の人間になったのに。

自分には口を出す権利がないと言われたようで、晶は黙るしかない。

「同じ部屋にいても、それほど濃い香りではなんだな。抱かれたあとの誘惑香は薄くなるのか？」

「どうやらそのようです。私も初めてなので、詳しくは存じませんが。発情中のオメガがどうなるかはさすがに先輩もご経験ないのですね」

「ん？　それは、どういう意味だ？」

あぐらをかいて作業していたそばに弐知弥が腰を下ろし、顔を覗き込まれる。

「いや、その、柾一郎様が妾をお持ちでないと聞いて、意外だったので。ええと、なにを言っているのか、自分でもよくわからなくなってしまいました。忘れてください」

「僕も妾などいないぞ？　晶が初恋で、やっと手に入れたんだ。いまも君しか見えない」

「そんな話を言わせたいわけではないのです」

「ではなにを気にしている？」

「だから気にしてなんていません」

「僕に妾がいるか気にしているじゃないか」

「だから、それは——史三が全部挿れてしまうと慣れた妓女も男娼もベー種は青ざめるって。だから最初の夜は皆さん、私の顔色を見ながら慎重に手加減したと。少なくともその程度は、茶屋遊びのご経験があるわけですから……」

ふっと笑った弐知弥が、さらにいざり寄って晶を背後から抱き締める。広げた足の間に晶はすっぽり収まる形になった。

「君を傷つけないよう、幾度か娼妓に教わりに行ったのは認めるよ。実は一番最初に流れる誘惑香が最もアー種の正気を失わせると聞いて、そのときは監視し合う約束をしていた」

「監視？」

「昨日は史三が近くで控えていたはずだ。叫び声が聞こえたら、兄さんを殴ってでも引き離し、君の安全を確保することになっていた」

「史三に聞かれていたのですか？」

「さあ。でも同じ階にはいたと思う。僕も心配で階下の部屋にいたかったけど、耐え切れずに屋敷を出てしまったから詳しくはわからない」

「そうですか……」

「なぁ晶、今日は二人とも忙しいらしい。僕と二人きりだ」

「夜もお戻りにならないので？」

「僕だけでは物足りないかい？　晶は吊りズボン姿も可愛いね」

肩に吊った紐のすき間から弐知弥の大きな手が滑り込み、胸を撫で回された。

スン、とうなじの香りを嗅がれる。

「汚れますから離れてください」

「代わりに僕と一緒に昼食を食べてくれるかい？　もう昼時だ」

懐中時計を目の前に示され、もうそんな時間かと気づく。

弐知弥は女中に湯を持ってこさせると、自ら石鹸（シャボン）を泡立て、機械油で黒ずんだ晶の手を機嫌よく洗った。

自分でやった方が早いように晶には見えたが、楽しそうな弐知弥に水を差すのも気が引け、好きなだけやればいいと任せた。

洗い終えると、指の股まで布で水気を拭き、いい匂いのするクリームを塗り込む。

「そんなに丁寧になさらなくともいいのに」

「大切に手入れをするのが大事なんだよ。とても愛されている人間なのだと周りに伝われば、誰も君を粗末にしないよ」

「そんなものでしょうか」

「荒くれ者も、深窓の令嬢にはいつもと違う口をきくのと同じだ」

なんと答えていいかわからず、晶は黙って俯いた。

軽い昼食後、晶の部屋に移り、二人で過ごした。

誘惑香が強くなったと言われたときにはもう潤んでいて、そのまま長椅子で交わった。誘惑香で煽(あお)られているだろうに、その抱き方は優しい。

――もっと酷くしてもいいのに。

昨日も今朝もしたのにまた欲しがるなんて、これだからオメガはと自分自身に呆れる。

弐知弥にも呆れられていないか不安だったが、心配は杞憂(きゆう)だった。尻の奥へ吐精され、長椅子にぐったりと横たわる妻の姿を、陶然としたまなざしで眺めている。

白い双丘の間を濡らした裸身を、昼の陽射しが照らす。

「晶は乳頭まで綺麗だな。昨日の夜から可愛がられて、ふっくりと赤く膨れているよ。こんなところからも誘惑香が匂ってくる。僕の方がまた欲しくなってきたよ」

長椅子の前で膝をついた弐知弥の顔が胸に迫る。ふうふうと鼻息が胸の先に当たった。身を乗り出した弐知弥がねろねろと粒立った部分を舐め、音を立ててすすった。しばらく繰り返すと、次は舌で胸の粒を押し潰すように這わせる。

「はぁ、ふ……ん」

身を反らし、男の舌へ胸を押しつけた。弐知弥の笑みが深まる。

「硬くしこっているね」

うっとりと微笑み、頷く。もう片方の乳首も可愛がられ、両方を延々といじり回される。再び晶の中の熱が高まる。もやもやと膨らむ欲を紛らわそうと、膝を立て、かかとを長椅子の座面に繰り返し滑らせる。

「綺麗だ、晶」

感嘆の声を上げ、晶の足側に腰を下ろす。膝頭を摑まれ、緩く開かせられた。

「素晴らしい眺めだ。まだまだ味わうことができるなんて最高だよ」

胸を唾液で濡らし、股間を上向かせた晶の白い身体をしげしげと眺める。輿入れした初日より色味を増した陰茎の先は、達した精の残滓でまだ濡れている。弐知弥は手を添えて、陽光に反射してきらめくそこをじっくりと眺めた。

「こんなところも美しい。今日はどんな味か見てやろう」

先端をぺろりと舐め、一気に喉の奥まで咥えられた。男の大きな口にすっぽりと根元まで覆われ、晶はあられもない声を上げる。

「は、あ、あぁぁ……」

ひとしきり味わうと、次は膝裏を持たれ、持ち上げられる。尻の狭間を男の眼前に晒した。弐知弥自身の精を滲ませるそこを、間近から覗き込む。

「ここもいやらしくなった」

指を三本入れられ、ぐぷぐぷととろけた中を探られた。指を曲げて、いいところを押される。指の動きに連動して、股の間のものがひくひくと反応し、ますます硬く張りつめる。

「僕の指をうまそうにしゃぶるね。上達してくれて嬉しいよ」

「先輩……シて、ください……」

抱き上げられ、向かい合う形で膝の上に乗せられた。

「いいよ。ただし、昔と同じ呼び方で呼んでくれたらな」

「……先輩?」

「にーちゃんと呼んでくれただろう?」

「あれは、弐知弥先輩と上手く言えなかったから――」

「また呼んでおくれ。そうしたらコレをやろう」

尻の狭間に亀頭をぐりぐりと擦りつけられる。

「弐知弥先輩、いじわるしないで」

自分で腰を下ろして合わせたが、自身を摑んだ弐知弥によって先端を逸らされ、つるつると逃げられてしまう。

「お願いだよ。もう一度呼ばれたいとずっと願っていたんだ。夢にまで見たくらいさ。叶えてくれないかい?」

「そんな呼び方、変です」

なぜそんなことにこだわるのかと、口を尖らせて不満を示す。

「兄さんと違って、僕は拗ねたくらいじゃ許さないよ」

子どもがせがむように、ゆらゆらと身体を揺らされ、下から覗き込まれる。

「晶、僕をにーちゃんと呼んでおくれ」

「……にいちゃん、せんぱい」

弐知弥の頰に力が込められ、瞳に情炎が灯る。

「どうしてもらいたいんだ? 弟以上に可愛がっている後輩の願いならなんでも叶えるぞ?」

弐知弥は顔の前にある、晶の胸の粒をちゅうちゅうと吸う。酷い音であればあるほど、身体の奥が疼いた。

「ン……シて……ココ……いれて」

「誰のを挿れてほしいんだい？」

「だから、にーちゃ――はぁっっ！」

いきなりずぶりと打ち込まれ、晶は身を反らし、息を詰める。しかし、晶の小さな尻に埋められた剛直は、それきり動かない。

「次は？　晶、次はどうしてもらいたい？」

さらに淫らな言葉を口にしろと迫られる。困った晶は弐知弥に抱きつき、首筋に顔を伏せた。己の顔を隠してから、やっと小さく呟く。

「……動かして。にーちゃんせんぱいの、ずぷずぷして……」

窄まりで食んだ雄肉がぐっと膨らんだ。

「よくできたね。ご褒美だ」

弐知弥の腰が、力強く跳ね上げられる。晶の軽い身体が浮かび、張ったものに繰り返し串刺しにされる。

「すご、にーちゃ、せんぱ……にーちゃ、あぁぁっ、きもちイっ」

根元が膨らみ始め、出し入れするたびにひっかかる。その負荷がまたいい。

「にーちゃんの亀頭球、気持ちイイか？」

歓喜に震えながら、悲鳴交じりに喘いだ。

「ひっ、イイっ、こぶ、にーちゃぁっ、にーちゃの……おっきいっ」

尻の中の陰茎が言葉に反応し、亀頭球とともにぐんと一回り膨らむ。

「にーちゃんもイイぞ。とろけそうだ」

「にーちゃ、おくっ、奥、シて?」

「いいとも。挿れてあげよう。そら、にーちゃんの奥まできてるか?」

繋がったまま身体を入れ替え、長椅子の背に押しつけられる。力強い手が尻たぶを掴み、鋭い動きで奥まで穿たれる。

「ふっ、か、い……おく、きてる……」

これ以上ないほど奥を、弐知弥の先端が暴き、押し開く。

「いい子だ。ああ、晶……入ったね……上手だ」

荒い息の合間、繰り返し唇を合わせ、互いの吐息を交わす。

「僕の晶、あぁ、離さない、離さないからな……」


まだ互いの息は荒い。

晶は蒟蒻(こんにゃく)のようにくたりとへたった身体を、逞しい身体へ預けた。

分厚い筋肉は晶の身体より発熱し、その興奮を伝えていた。

「昨日の忠典殿との会話、悪いが聞いてしまったよ。晶の初恋は彼だったんだね」

声を潜めていたつもりだったが、立ち聞きされていたらしい。

「運命の番の話もお聞きになりましたか？」

「あぁ、兄さんが君の運命の番なのだったな。悪いが、そうだとしても僕は晶の夫の立場を捨てるつもりはないぞ。だが、晶が僕と交わるのがどうしても苦しいなら、そのときは……くそ……兄さんに嫉妬するなんて……」

顔を背け、弐知弥にしては珍しく悪態をつく。

「待ってください。違いますから」

「違わないわけがない。兄さんにその話をしたのだろう？」

「話はしましたが、違うと」

「では、晶の発情が早かったのはたまたまなのか？」

「おそらく三人そろって初めて、運命の番なのだとおっしゃっていました」

晶は柾一郎とその前にも会っていたが、なにも感じなかったと説明した。

「そんなことがあるのか？　だが、確かに三人で会ったのはあのときが最初だ。だとしたら喜ばしいな」

「なくてもあっても、どちらでもいいではありませんか。私は鵡川家の三兄弟の妻ですから。それで充分です」

「妻、俺たちの妻でいいのか？　嫌がっていたではないか？」

「こうしてともに暮らせば、皆さんが憎めない方々だとわかりますし。それに私を大事にしてくださるんでしょう？」

「無論だ……しまった。尋常でないほど嬉しい」

みっともない顔をしているからと、弐知弥は顔を手のひらで隠してしまう。隠せなかった首元が染まっているのを見て、晶も嬉しくなった。

「……私も嬉しいです」

それからもう一度、晶は弐知弥を欲しがった。獣のような声を上げてよがっても、優しく抱いてくれる。その優しさに安堵し、素直に疼きを伝えることができた。

弐知弥の太い腕を枕にして眠った。

もぞりと動いた腕の振動で目が覚める。あれから自分の寝室に移ったのだと思い出す。

「起こして悪いな」

「せんぱい……？」

重いまぶたを開ければ、あたりは暗い。シュッと燐寸を擦る音がして、脇に置かれた卓でランプが点く。卓上に彼の懐中時計が見えた。

「いま、十時だ。腹は空いてないか？　なにかつまめるものを取ってくるよ。少し待っていてくれ」

隣室に控えるハナに声をかけ、ズボンとシャツに着替えると、弐知弥が寝室を出ていく。ハナに取りに行かせずに自分から赴いたことを、少し珍しく思う。

弐知弥はなかなか戻ってこない。

体温の残った布団へ手を伸ばす。隣に誰もいないのが寂しい。

カタカタと盆の上で食器が揺れる音が聞こえた。音は部屋の前で止まり、控えめに扉がノックされる。

「先輩?」

開いた扉の向こうには、史三がいた。

盆にはサンドイッチと、カップに入ったスープが二人分あった。

「――っ、おかえり」

弐知弥が戻ってくると思っていた晶は、慌てて着るものを探す。椅子の背にかかっていた弐知弥のガウンを、史三が晶の背に羽織らせてくれた。

「兄貴が、俺が戻ってきた馬車の音に気づいて階下に下りてきたみたいで、ちょうどいいからコレを持ってけって。夕飯食べてないんだって?」

「うん……」

サカっていたせいだと揶揄されるかと身構える。史三は嫉妬深い。不機嫌に違いないと恐る恐る隣に座る彼を見ると、ランプに照らされた史三は疲れた顔をしていた。

「俺も一緒に食わせて。会食で軽く食ってきたけど、食べた気がしない」

「忙しいって聞いたけど」

「仕事もあるけど、成島公爵の鵡川への嫌がらせが日に日にあからさまになってきているおかげで、高位華族の横暴さに嫌気がさした非華族の平民たちの声が、俺たちへ届き始めたんだ。今日は彼らを集めて話し合ったところだ。成島家以外にも、アー種の不正判定を受けた家のめぼしもついてきたからな。反撃の日も近い」

「……用心しろよ」

史三は心配してくれるのかと、嬉しそうに笑う。

「明日は、兄様がこちらの味方になってくれそうな政府要人の一人に接触する。その手ごたえ次第だな」

「忠典様のためにそこまで？」

「鵡川のためにもなる。不正を働いてまで偽装するのは、バース性がすでに新たな階級を作っているからだ。アー種だろうと能力には個人差があり、得意な分野も違う。バース性にも階級にもとらわれない、純粋な能力主義こそ、この国の発展を目指す我々が求めるものだ。これは父の代から鵡川の事業全体に共通する考えなんだ」

「だから中学の頃も、華族相手に物怖(ものお)じしなかったんだな」

照れたのか、史三が鼻の先をしきりに掻いた。

「それより、昨日の昼もあまり食べなかったと聞いたよ。腹が減ったろう?」

サンドイッチの載った皿を差し出される。

「食欲がないんだ。発情中はいつもそうだから放っておいてくれ」

「じゃあスープだけでも。水分は必要だろ?」

仕方なく口にする。上品なコンソメの旨味に、思わずカップを傾げて飲み干してしまった。

「ありがとう。おいしかった」

「こっちも食えよ。半分だけでも腹に入れろ。食わないと口に合わなかったのかとコックが心配する。これを食わずに戻すと、コックはお前はサンドイッチが好きじゃないと判断して二度と作らないかもしれないぞ」

そういえば最初の朝に出されたのもサンドイッチだったと思い出す。あのときはひと口も食べなかった。戻ってきた皿をコックがどんな気持ちで受け取ったかと思うと、すまないことをしたと感じる。

「残りの半分を、史三が食べるならいいよ」

黙々と二人で食べながら、結婚も悪くないなとちらりと思う。

輿入れするまで、普段は女中のハナか母しかそばにいない生活は寂しかった。発情中となると、ハナさえ滅多に部屋へ入れない。それがいまは夫とはいえ、次々と晶を訪れる人がいる。

先に食べ終えた史三は、グラスに水を注いでくれたり、晶の頰についたパンくずを舐め取ったりと機嫌がよさそうだ。

晶も食べ終えると、全裸に弐知弥のガウンだけを纏った身体を抱き寄せられる。鼻先をうなじに押し当てた史三に、ずうずうと遠慮なく鼻音を立てて香りを吸われた。

「昨日より香りが軽くなったな。花のようでもあるし、焼き菓子の甘さにも似てる。格別にうまいと匂っただけでわかる」

まっすぐな濃茶の髪を撫でながら、史三が舌先でちろちろとうなじをくすぐる。

首を竦めて逃げれば、押し倒された。

下半身を覆う上掛けを握り締め、晶は脚を擦り合わせる。股の間のべたつきが気になった。弐知弥としてから、湯に入っていない。

「昨日の夜、俺が隣の部屋にいたって知ってるか？」

肩に触れた鼻先が肌を滑り、胸まで来ると再度戻って、今度は唇が同じ道を辿る。胸元で上下する頭から整髪料の香油が匂い立ち、男を感じた。

「弐知弥先輩から聞いたよ。私が怪我をしないよう、見張ってくれたんだろ」

「兄様はよく耐えていたよ。俺なら、あれほど冷静にはなれなかった」

史三は隣の部屋へ続く扉を指さす。

「昨日はあの扉の裏に座っていた。あそこで、俺の大事な同級生が兄様と際限なく交わるのを聞いたんだ。誘惑香がたまらなくいい匂いで、離れることもできなくてさ。何時間もあそこで股間を痛いほど勃起させて、二人の閨を聞いていたよ」

晶の手を取り、史三が自分のまたぐらへ押しつける。そこは熱を持ち、膨れていた。

「聞いていたのか？」

見上げれば、史三の黒い瞳は怒りに似た光を宿していた。

「兄様にねだってたよな。シてください、挿れてください、お願いですって。昨日からこの寝台で、兄様と兄貴にさんざん嵌めてもらったんだろ？」

ガウンの合わせを片手ではだけられ、赤らんだ胸の先を嬲られる。己の体温とは違う肌が胸を滑ると、背筋が震えた。ぷるんと乳首を軽く弾かれ、過敏になった身体は人差し指一本で簡単にのけ反り、喘いでしまう。

「あっ、んッ……」

「たっぷり満たされたか？　たらふく咥えたか？」

「意地が悪いぞ。オメガを貶めたいのなら、私に聞こえぬ場所で言え」

顔を背け、高まり始めた熱を吐息で逃した。冷えた指が晶の髪を撫で、そのまま耳の後ろから首筋を撫で下ろす。それだけで腹の奥が重くなる。

「誘惑香は最初の一日が一番濃いらしいな。だが、一日目の性交では子は孕めないのが通説だとか」

「それは昔から言われている。理由は知らないが」

「西洋の最近の研究では、誘惑香が濃いのは多くのアー種を集め、アー種同士で戦わせるのが目的だという話だ。そして生き残った一番強いアー種の子を孕むため、二日から三日目の性交が最も子を成しやすい」

「ずいぶん熱心に調べたんだな」

「だから、これからが一番いい時間だってことさ」

「……史三？」

「あーちゃん、俺の精子で孕もうな？」

上掛けを剝ぎ取られる。

史三は晶の膝頭を摑んで開き、弐知弥のもので濡れ、または乾いて白い欠片をこびりつかせた身体をぎらついた瞳で視姦した。膝裏を持ち上げ、男を受け入れ続けて赤らんだ窄まりを凝視する。

「ここ、自分で持って」

手を摑まれ、自分の膝裏を持つよう指示される。晶は弐知弥の体臭が残るガウンを纏ったまま、史三に向けて股を開いた。

「やだ、ふみ……」

「さあ、見せてごらん」

史三は寝台脇の卓からランプを手に取ると、橙の焔(ほのお)で晶の股間を照らす。ランプを持たぬ方の指を三本そろえ、見せつけるように己の舌でしゃぶり、たっぷりと濡らした。そのまま後腔へゆっくりと挿し入れる。

「あ、あぁぁ……」

「柔らかいな、あーちゃんの尻。ヒクヒクしてる。気持ちいいんだろ？　いっぱいされたから柔らかくてふかふかだ。あぁ、兄貴ので中がびしょびしょじゃないか」

うなだれていた晶の股間が、わずかずつ頭をもたげていく。すぐ脇でランプがそこを照らす。しばらくして遠ざかり、手荒く卓へ戻される。張り出た妻の亀頭を史三が飴玉(あめだま)のごとくしゃぶった。

「ふみ、ふみっ、ふみくんダメ……」

頭の後ろでひとつに括った史三の総髪をかき乱し、情熱的な舌の動きに翻弄(ほんろう)される。力の抜けた脚は大きく左右に開き、その間には夢中で晶へ奉仕する史三の頭がある。気が済むまでしゃぶったあとは、また指で苛まれ、焦らされる。

「あーちゃん、ずっとここにいるだろ？」

ぐぽぐぽと三本の指を出し入れされる。

「いる、いるから……もうシて、シようよ……」

晶は尻を振ってねだった。ネクタイを抜く音が立つ。せわしなくスーツを脱いだ史三が、仰向けになった晶の狭間へいきり立った己を押し当てた。

先走りを塗り込められ、前後に擦られる。

自分の脚を持ち上げ、尻を晒したままの晶は「はやく、はやく」と急かした。

「あーちゃん、好き。好き」

舌を絡ませる深い接吻を交わしながら、男根を尻へずぶずぶと埋め込まれる。受け入れた縁がぴんと広がり、内部のひだをすべて伸ばそうとするように、長大な肉が狭隘な道を押し開いていく。

「んッ、ん、んーーっ！」

夢中で腰を振る史三が晶を痛いほど抱き締める。そうした方が身体を固定できて穿ちやすいのか、肩からがっしりと腕を回され、組み敷かれた。

彼はいつもがむしゃらだ。苦しいくらい責められるときもあるけれど、全身で晶のことが好きだと表してくるから、無下にはできない。

「膨らんでるっ、あっ、こぶが、でてる……、でてるっ」

「悪い、俺の亀頭球が出ちまった。だが、これで外れずに済む」

忘我の体でひたすら腰を振られ、打ちつけられる。

「ふみ、いっぱい、いっぱいだから……」

「たっぷり中に出してやるからな、あーちゃん」

びくびくと肉茎が精を放つ拍動を、すっぽりと包み込んだ内側で感じる。猛った情欲を吐き出した男の手から力が抜けた。

「あーちゃん、俺の優しい同級生は……あぁ、本当にお嫁さんになってくれたんだな」

史三は荒い息で晶の顔中に唇を押し当てる。

「あーちゃんはまだ同級生の俺に抱かれるのがイヤか？　いまも逃げたい？」

拗ねる口調とともに乳首を強くつままれた。

「痛いっ、ヤだ、痛いよ史三」

まだ陰茎にはこぶが残ったままだ。鎮まるまでしばらく時間がかかる。繋がったままぐるりと体を入れ替え、横になった。

後ろから抱擁されつつ、上になった左脚を抱えられる。男のものでべったりと濡れた接合部に、冷えた空気を感じる。

うなじに軽く歯を立てられた。噛まれるのかとヒヤリとする。

「史三、まさか噛むのか？」

「噛まない。噛みたいけど、噛まないよ。兄貴に聞いた。僕たち三人であーちゃんの運命の番なんだろ？　なら、噛まなくても心は一緒だ」

代わりに耳に歯を立てられる。

再び張った熱杭が、ずっぷずっぷと尻を穿ち始める。ときには強く、そして細かな振動で晶の弱いところを暴き、翻弄する。

「全部、挿れるからな」

荒い息で呟かれる。薄い腹に回った手が、強く腰を引き寄せた。奥までぐりぐりと押し込まれる。行きどまりをとんとんと押したのち、ぎゅるりと押し開く。

「ひ、あ、あぁぁ」

出し切ったはずの陰嚢がこごり、わずかな精がしぶく。晶はすっかりとろけた顔で、その日何度目かの絶頂を味わった。

眠って、目覚めて、また交わった。

朝焼けが窓布の合間から射し込む中、卓上のランプは点いたままだ。

「ふみくん、おく、もう一回シて……」

誰のものかわからぬ赤い吸い痕を全身に散らした晶は、仰向けになり、背中だけで身体を支える。高く上げた脚が開き、かつての学友を誘う。片膝をついた史三が快感に呻きながら、精にまみれた尻へ黒々とした陰嚢を擦りつけるように根元まで埋めた。

晶の奥の奥が男の丸い先端を食む。鋭い快感に身体が波打ち、うなだれたままの陰茎から、精が垂れた。

「ここ、あーちゃん好きだな」

「ンッ、すき……すきぃ……」

開いた股の間に同じ男を挟んだまま呆ける。

恋焦がれた学友の嬌艶な姿に、史三は己の唇を舐めて微笑んだ。

「出してやる。あーちゃんの好きなとこにいっぱい出してやるからな」

疲れを知らぬ動きで力強く押し込まれる。互いの陰毛は誰のものともつかない体液で濡れ、渇き、ギシギシと擦れ合う。

「イく、イってる……ふみ、だめだからぁっ、あぁ……」

尻だけで達する。嵐のような快感に、晶は息を詰まらせ、身体を震わせた。

「くっ、ぎゅうぎゅう締めつけてくるぞ。だめだ、止まらねぇ」

がつがつと腰を使われ、一撃一撃にまた頂へ引き上げられる。

「ふみっ、ふみ……」

「あー、ちゃ……ッ」

ぎゅっと奥まで押し込まれた状態で、精が放たれる。自分の望む通りに愛してくれるそれの、ひくひくとした動きを愛おしく感じた。

ちゅっと音が立つ。合わせるだけの軽い接吻が顔中に降ってくる。

ぼんやりと宙を見ていた焦点を手前に合わせると、額に玉の汗を浮かべた史三がいた。

「いまもうちに輿入れしたのは不幸だと思っているか？」

最中に似たことを幾度も問われたのを思い出す。しつこい男だ。しかしそのしつこく愛をせがむ姿が愛おしい。犬を飼えばこんな感じだろうかと思考がふわふわと漂った。

「なぁ、あーちゃん、いまも逃げたいか？」

腰を揺らして答えをねだられる。

「思わないよ。ミシンの修理も許可してくれたし、私が興味を持ちそうな客人に会わせてくれたり、なにかとつき添ってくれるのも大切にしてもらえてるって思うから」

細かく列挙したものの、それだけが理由ではないなと思う。いつしか彼らに対して持ち始めた好意が、無視できないほど大きくなっているのが一番の理由だ。けれど、それを口にするには、まだ気まずい。つれない以前の己の態度を思えば、身の変わりようを恥じるのは当然だ。

「じゃあ、どこにも行かないよな？」

「行かないよ。ほら、もう重いってば」

ぽんぽんと背中を叩くと、ようやく降りてくれる。二人で寝台に並んで横になった。冷えないよう、布団を丁寧にかけてくれる甲斐甲斐しい姿に、そっと口元をほころばせた。

窓布の合間から射し込んだ朝焼けの光線が、ゆっくりと室内を照らしていく。

「俺、晶を大事にするから」

「その割には閨でいじわるが過ぎないか？」

「だってその方があーちゃんのココが喜ぶんだよ」

尻を撫でられる。普段ならいい加減な話をするなと反論するところだが、発情したいまは素直になってもいい気がした。

「ならばしょうがないな」

史三が目を瞠る。驚く彼を見て、口角を上げて笑っていた自分に気づく。

ちょっと笑ったぐらいでいちいち反応が大げさだと文句を言うと、なぜだか目じりに涙を浮かべ、しつこいくらい口づけをされてしまった。

「あーちゃん、すき、あいしてる」

まつげが触れそうな近距離で放たれた囁きは、晶の唇へ吐息の熱を伝えた。


ア一種の精を体内にたっぷりと受けたせいか、発情はいつもより短期間で終わった。

翌々日の夕方、どことなく疲れた顔で戻った柾一郎に、もう終わったのかと残念がられた。その姿がやけに艶めかしく見え、何気ない動作でさえ、逐一視線が惹きつけられた。

――終わったからといってしてはいけないわけでもない。いつでもなさればいいのに……。

言えば喜ぶのだろうが、発情中でもないのに誘うのは、はすっぱな行いに思われてためらってしまう。

相手を喜ばせる言葉なんて、前は思い浮かべさえしなかったのに不思議だ。

本当は伝えて喜ばせたいのに、これまでと態度が違うなんてきまりが悪い。代わりに気の利いた会話を交わせればいいのだが、それもできずに黙ってしまい、柾一郎からへそを曲げたと勘違いされてしまった。

「そう怒らないでおくれ」

「怒ってなどいません！」

否定したそばから、苛立った声を上げてしまい、なおさらどうにもならなくなった。

発情を経て、晶の心に変化が訪れていた。

——喜んだお顔が見たいだけなのに。

実際そう思っているのだが、過去に逃げ出した自分の行動を振り返れば、勘違いされても仕方ない。

——言わなくとも、察してくだされればいいのに。

焦れったく感じている自分に驚く。

一人で思い悩み、胸が苦しくなってしまうなんて、まるで恋しているみたいだった。

高位華族の横暴さに反感を持つ平民たちとの会合の結果はどうなったのか。

そして柾一郎が内密に接触したという政府要人は協力してくれるのか。

忠典はその後、どうしているのか。

聞きたいことばかりだったが、なにも聞けずに日にちばかりが過ぎていた。使用人に伏せられているため、ハナにすら愚痴れない。

三人はこれまでに増して多忙を極め、そろって食事を取るのも稀になってしまった。週末は欠かさず抱いてきたのも、途絶えている。

夜に戻ってきても、すぐにまた外出してしまう日も多い。表情もどこか沈んでいたり、ぴりぴりと張りつめていたりと、心身ともに疲労が心配された。

とはいえ、山場にかかっている問題を思うと、簡単に休めとは言えない。

それにこの難題を鵡川家に持ち込んだきっかけは晶自身だ。無力な自覚があるだけに、晶もまた気の重い日々を過ごしていた。

この屋敷は使用人自体少なく、情報が漏れにくいからと、あるときはいつの間にか日中に集まって話していたこともある。自分に会わずに解散して去っていくのは、それだけ難儀な局面に入っているからか。

そう思うと、不安を打ち消したいだけの個人的な理由で、おいそれと彼らの時間を奪うのは憚られた。

「神楽坂のお義母様(かあ)からお手紙でございます」

盆に載せて差し出された文は、夜明け前を思わせる深い瑠璃色（るりいろ）の和紙に包まれていた。

開けば、晶の体調を気遣う手紙だった。

流麗な毛筆の文字を追ううち、ふと気づく。

記された近況では、夫があちこちの酒宴に出掛けてお元気だとあるが、柾一郎たちの父もまた、交渉や根回しに奔走し、手を尽くしてくれている意味に受け取れる。

時候の言葉では秋の寂しさが身に沁みると書かれ、庭木の根付きが不安だが春にはきっと花を咲かせてくれるとある。この一文も、自分を励ましてくれているのではないかと思うと、ひと言ひと言が優しさにあふれたものに見えてくる。

——手紙が使用人に見られる危険を考えて、当たり障りのない内容に仕立ててくださったのか。

心配りされた文に胸が温かくなると同時に、ことの深刻さに改めて打ちのめされる。

彼らが暴露しようとしている企てがもし失敗した場合、柾一郎たちの動きを敵が知るだろうことは想像に難くない。成島公爵以外にも、政府高官で鵜川を嫌う否定派はいる。彼らが夫たちを拘束したらと考えるだけで肝が冷えた。

「晶様、悪い知らせでもあったのですか？」

表情を見たハナに心配される。

「いや、私を労るお優しいお手紙だったよ」

ハナであろうと知られるわけにはいかないと、晶は気を引き締める。

饗庭の父は神楽坂の義両親と元々面識があり、婚姻が決まるまでも幾度も話し合ったと聞いているが、晶自身は祝言の日に一度会ったきりだ。

彼らはどちらもアー種だ。オメガ種の中でもことさら艶美な晶を目にした二人より、可能な限り会わずに済ませたいと、しばらくしてから申し出があった。

鞠（まり）を目の前にした猫のような気分になるのだと、あっけらかんと理由を告げられた。

それは親族間でオメガ種を共有する下卑たオメガ婚の否定でもあった。

三人が目指す計画を承知した上で、なおかつ屋敷を留守にしていると知っていてもなお訪ねてこないならば、彼らは晶を単なるオメガではなく、息子たちの配偶者として扱ってくれているという意味だ。

——家族、なのか。だからこうして私に励ましの文をくださった。ならば、自分も彼らの家族として腹を括ろう。


その日帰ってきたのは史三だけで、彼も夕食後にすぐにまた外出してしまった。翌朝戻ってきた史三に連れられ、晶は本邸へ向かった。そこには鵡川土木会社のみならず、鵡川物産と鵡川ホテルの番頭及び支配人が内密に呼び出されていた。

彼らへ遺言と書かれた封書が預けられる。

「万が一の場合は、この封を解け。あとは任せる」

晶の前には、三つの封書が重ねて置かれた。

「なにもなければ捨てればいい。もしものことがあれば、書かれてある内容に従ってほしい」

「どういうつもりだ。私は受け取らないぞ‼」

勝手に私を残して死ぬつもりかと、怒りを瞳に滾らせ、声を荒らげる。人前であることなどどうでもいいほど、逆上してしまった。

「もし負ければ、また新たな戦いをせねばならない。俺たちの覚悟だと思ってくれ。……必ず戻るから」

静かに諭され、唇を噛んだ。目頭が熱くなったが、泣くものかと堪えた。


洋館に戻り、ハナに頼んで人払いさせる。主人の硬い表情から言えないなにかが起きていると察したハナは、黙ってそっとしてくれた。

一人になり、ようやく涙があふれた。三つの遺言書を握り締め、わあわあと声を上げて泣いた。晶の心を写したように、外は強風が吹き荒れた。

その夜は誰も帰ってこなかった。

風が窓をガタガタと揺らす中、暗い自室でべそべそと泣いていると、ハナがランプを持って部屋に来た。電柱が風で倒れたとかで、停電したらしい。

薄曇ったほや越しにランプの灯りをぼんやり眺めているうちに空が白み始める。

帰らないという知らせさえ誰からも届かぬまま、朝になった。


寝不足で頭が痛む。ハナに勧められて横になったが、とても眠れなかった。

玄関が見下ろせる三階の部屋の窓辺で午前いっぱい過ごした。じっと眺め続けたが、帰宅の馬車は一向に来ない。

気忙（きぜわ）しく階段を駆け上がる足音が聞こえた。不調法な使用人がいるのかと眉を顰めると、ノックののち扉が勢いよく開かれる。

「晶様！　これを！」

息を切らしたハナが、握り締めた紙を晶へ差し出した。

大きく号外と書かれた新聞を掴むと、衝撃的な大小の見出しが目に飛び込んでくる。

『驚愕（きょうがく）の事実が発覚』

『アー種の偽装』

『詐欺等の犯罪を暴く』

晶は息を詰め、一心に文字を追った。

文字の読めぬハナが晶を急かす。

「晶様、なんと書かれてあるのでしょうか」

「昨日、政府要人が集まる会議が麴町のホテルで行われ、そこで出席者たちに紅茶が供された際、用意された茶器の中に発情中のオメガが使用したティーカップが紛れていたそうだ。カップが会場に持ち込まれた時点で複数のアー種は気づいたが、まったく反応を示さない『自称アー種』が複数いたため、たまたま臨席していた陸軍大将が不審に感じたらしい。その場でアー種の判定試験を全員へ受けさせ、虚偽が判明したとある」

「そんなに早く判定できるのでございますか？」

「その日はちょうど大将閣下の体調が芳しくなく、心配した軍医が会議に随行していたのだとか。偶然、ホテルの特別室に隔離中のオメガが滞在していたらしい。紛れたティーカップは、その部屋から下げたものが、なぜか洗われずに混ざった可能性があると」

「偶然、ですか」

三人が忙しくしているのは知っているものの、事情を知らぬハナは首を傾げる。

晶はひっそりと、これが三人が画策していた計画に違いないと確信した。

「さらに幸運なことに護衛の警官を引き連れた首相がそのホテルに居合わせ、逃げ出そうとする自称アー種たちを取り押さえたとある」

「もしや旦那様方のお名前が関係者として記事に載ってらっしゃいますか？」

「いや、鵡川の名はない。しかし、麴町とあるし、政府の会議を開けるほどの大きさならば、鵜川のホテルで間違いなさそうだ」

記事を読み進めたが、成島の名は出てこなかった。しかし、『上流階級に蔓延が疑われる』とある。複数の人間が網にかかったのは間違いないと思われた。

記事は『容易に実を吐かざるため証言の蒐集に苦心』や『懇意の医師による医師法違反』、『医術開業免状の剝奪』と続いていた。

「それでは旦那様方はお帰りになれるのでございますね?」

「おそらく……」

彼らの姿を見るまでは、安心できない。ことは明らかになったが、敵が持つ権力は大きい。裏に鵜川の存在を知った彼らに報復されぬ確証はない。

ハナとともに窓の外へ視線を移し、鵜川の紋が記された馬車が戻ってくるのを願った。

それからしばらくして、夫たちからこれから帰宅する旨の連絡が入った。

電話口の使用人が確認したところ、すべて滞りなく終わり、三人とも無事だという。

それでもまだ彼らを目にしなければ心休まらない晶は、玄関のポーチに出て、馬車が到着するのをいまかいまかと待つ。

馬車が見えたら知らせに行くから室内で待つよう女中が言ってくれたが、どうしても落ち着かない。結局また外へ出てしまい、せめてもと椅子を出してもらった。

その椅子にさえじっと座っていられず、立っては座りを繰り返し、半刻経った頃、ついに馬車が三台連なって現れた。

車窓からこちらを見る姿を確認し、晶と一緒に待っていた使用人たちが一斉に声を上げる。

車寄せへ順繰りに馬車が入った。

最初に降りた柾一郎に、なにも言えぬまま駆け寄り、抱きつく。柾一郎もまた、無言で抱き返してくれた。

彼の大きな手が晶の頭を撫でる。その仕草に、帰ってきてくれたのだと実感した。

「心配をかけてしまったね」

弐知弥の声に振り返る。掠れた声で「よかった」と呟き、その逞しい身体にひしとしがみつく。

「君の元へ帰ってこられて、僕も嬉しいよ」

見上げれば、弐知弥もまた目元を潤ませている。お互いの涙を見て微笑み合い、互いの顔を近づけた。唇が触れる寸前、不機嫌な声に遮られる。

「おい、俺の番はいつ来るんだ？」

両腕を掲げて待つ史三を見て、やっと笑えた。

「史三が遺言状なんて置いていくから、もう会えないいんじゃないかって心配したんだからな」

目じりを濡らしたまま、むっと唇を尖らせ、わざとそっぽを向く。史三は笑って、自分から歩み寄り、晶の身体を腕のうちへ納める。

「ただいま、あーちゃん」

「……おかえり。皆さん、おかえりなさい」

史三の腕の中で身体を捩って振り返ると、柾一郎も弐知弥も穏やかな笑みを浮かべていた。


彼らの帰宅を喜んだのは鵡川家の会社の社員たちも同様だった。

ホテルの従業員たちはともに苦労をしたので次第を承知しているが、鵡川物産と鵡川土木の番頭たちは本邸に集まって、ハラハラしていたようだ。

普段は神楽坂の住まいにいる両親も心配し、本邸へ来ているとのことだったので、三人は報告を兼ね、彼らを安心させるために顔を見せに行った。

晶は夫たちの顔を見てすっかり気が抜けてしまい、洋館に戻り、談話室の長椅子に身を横たえた。身体に力が入らず、座るだけでも辛かった。かといって彼らを待たずに部屋に戻るのも惜しい。

柾一郎たちが戻ったら、横になるなら気を遣わずに下がってかまわなかったのにと言われるだろうか。その想像をしただけで、つれないではないかと勝手に涙ぐんでしまう。

――駄目だ。感情が変になっている。安心して癇癪（かんしゃく）を起こすなんて子どもじゃないんだ。しっかりしなきゃ。でも、ご無事で本当によかった。

つらつらと思考を迷わせているうちに、そのまま眠ってしまった。

「昨夜はほとんどお眠りになってらっしゃいませんでした」

耳に馴染んだハナの声がする。

「心配かけたのだな。我らも、昨日からの捕り物と事情聴取でろくに寝ていない」

柾一郎の声がした。茶器がカチャリと当たる音がする。紅茶の香りと焼きたてのパンの匂いが漂い、食事をしているのだと、晶は夢うつつに思う。

「まだ気が立っていて、俺はさっぱり眠気を感じないや。ホテルの従業員まで事情聴取されたせいで、なにも口にできなかったのが一番辛かったな」

史三が口に食べ物を含んだまま話す。眠気は感じなくとも空腹ではあるらしい。

「それにしても、こちらから協力を願い出ておいてなんだが、まさか僕たちに軍部が協力するとは思わなかったね」

途中くぐもった声になるのは、弐知弥も珍しく食べながら話しているせいだ。それだけ彼らもまだ落ち着かないらしい。

「協力するふりをして我らを陥れる可能性も充分あったからな。最後まで味方になってくれるかわからなかった。危険な賭けに乗るしかなかったのは、先方が一枚上手だったということだ」

深いため息を零す柾一郎の口ぶりから、厳しい駆け引きがあったと窺えた。一方の史三は能天気に結果を喜ぶ。

「一歩間違えれば、いまごろ俺たちの方が牢の中だったか。だとしても俺たちはたかが男爵位、手持ちカードの悪さを考えれば、逆転と言っていい出来だと思うけど」

「今回捕まった家はよくて爵位返上、悪ければ取り潰しだな」

弐知弥の声に晶は目を開けた。

「成島家は当主自身が偽装している。忠典殿の協力があった点は強調しているが、公爵位剝奪は免れない。資産の没収はご寛恕いただけるよう、我らからの働きかけは継続しておかねばな」

「ともあれ、俺たちの目的は達成した。忠典殿もこれで肩の荷が下りたろう。嘘をつき続け、良心の呵責に一生苦しまねばならない連鎖は断ち切るべきだ」

「僕たちだって無傷とは言えない。要の閣下と首相を説得するために、鵜川が持つ大陸すべての権益を引き換えに差し出さねばならなかったんだから。おおよその成果で良しとするしかないね」

身体を起こした晶は、彼らへ声をかける。

「……あの、おおよそとは？」

そこで三人が晶へ顔を向ける。起こしてしまったかと柾一郎に気遣われ、こちらこそ寝てしまいすみませんと頭を下げた。

居住まいを正すと、弐知弥が丁寧に答えてくれた。

「首相のお身内で数名、アー種を自称している人物が今回の会議を欠席している。その身内をかばって休ませたんだろう。だが、これも大将閣下へ話をつけ、警察まで連れて現れてくれた代金のひとつだ。今後、鵜川に表立って政府の大きな仕事は入らなくなるが、僕たちはアー種詐称の横行とバース性が新たな階級社会を作るのを阻止したかったからね。今回の事件で、目的は充分叶えられたといっていい」

「新聞で陸軍大将閣下のお名前を拝見して驚きました」

「軍部は押しつけが好きな上に融通が利かないからこそ、上手くいったと言えるな。己の膠着（こうちゃく）した体質はかまわぬが、他人の腐敗は許せないらしい」

紅茶のカップを手にした柾一郎の言葉は手厳しい。さらに、弐知弥が補足する。

「特に大将閣下はご自身がアー種であることに誇りを持ってらっしゃるから、偽物の摘発に応じてくださったんだ。これが閣下ご自身が詐称なさっていたら、難しかったね」

弐知弥が晶の隣へ席を移し、寝乱れた髪を指で梳（す）く。

「今回急遽欠席したという首相のお身内殿は怪しいけどな。だからこそ首相は摘発される側じゃなく糾弾する側になる必要があったんだろ。しかも政敵たちの失脚までおまけについてくるんだ」

史三の話から、複数の思惑を利用しての綱渡りだったようだと晶は察する。

「そんなに多くの方がアー種のふりをなさっていたのですか」

柾一郎を見ると、語るつもりはないのか、曖昧に微笑む。

「嘘偽りのないアー種の方もいらっしゃった。仕掛けのカップが載ったカートが近づくと不快な顔をなさっていた」

「そのカップを紛れさせた咎は、ホテルの方々が問われてしまうのですか？」

とばっちりを受けてしまうのではと心配すると、弐知弥がそこまで深刻ではないと首を振る。

「口頭での注意のみで済ませたよ」

よかったと呟き、晶は安堵の息をつく。席を立った史三から、肩に手を置かれた。

「昂った精神をなだめなければ、とてもじゃないが眠りにはつけない。兄様たちだって、そうだろ？」

三人が目を合わせ、しばしの沈黙が落ちた。

「あーちゃんは？」

話を振られ、おずおずと頷いた。

「あの、私もまだ部屋に下がりたくありません。皆さんがこうしてそろったのは久しぶりですし」

「僕たちと一緒にいたいと言ってくれてるのか？」

意味深な弐知弥の視線に小首を傾げる。

「ええ、そうですが」

再び談話室がしんと静まる。柾一郎がテーブルを指先でトン、トン、トンと三度ゆっくり打った。

「……そういえば、まだ約束を果たしてもらっていなかったな。忠典殿が最初に我が家へ訪問なさった際の、首を吸わない代わりに私の願いを叶えてくれるという約束だ」

確かになおざりになっていた約束があった。しかし、あれをいますぐなど無理な話だ。晶は眉根を寄せる。

「お戯れはおよしください。応じられるはずがありません」

「なぜ？」

引き下がらぬ柾一郎に困り果て、準備がないとしどろもどろに拒否した。

「準備ができていないのなら残念だ。ハナ、用意しなかったのか？」

男爵当人から話を向けられ、ハナは困り顔で晶を見る。

あのときハナも部屋にいたと思い出す。まさかあれだけで調達してしまったのだろうかと不安になりつつ、ハナを見つめ返す。頼むから用意があるなんて言わないでくれと念じ、ふるふると晶が首を振るのを見て、史三と弐知弥がぷっと噴き出す。

「約束の内容は知らないが、興味があるな。ハナ、本当に準備しなかったのか？」

「君は優秀な女中だそうだね。僕たちの妻が指示を出したときには、とっくに手元に調達していると聞いているよ。ねぇハナ？」

二人に問いただされ、ハナは顔を強張らせる。

「……ございます！」

謝罪せんばかりに頭を下げて白状した彼女を柾一郎はねぎらい、日光室で待っていると伝えた。

――二輪挿し――

小半刻ののち、晶は紫と白の縞柄（しまがら）の着物と大振りなフリルのついたエプロンを身に纏っていた。

晶が約束させられたのはカフェーの女給の格好をするものだった。

西洋料理や酒、珈琲（コーヒー）といった飲食を提供するカフェーでは、女給が客に酌をし、会話で接待をする。風紀の乱れが目につく店もあり、それを真似るなど破廉恥極まりなかった。

「なにを着ても似合うね。品のある晶が着ると、本当に悪いことをしている気分になる」

南に面した部屋の半分を、天井の硝子から射し込む陽光が照らす。のどかな小春日和に反し、日光室の空気は静かな興奮に包まれていた。

部屋の隅に畳まれて置かれた布団がそれだけで卑猥に見えてしまい、見ていられない。

「そんな入口に立っていないで、こちらまで来なさい。そこでは日陰になって、君の初々しい女給姿が映えないだろう？　さあ私たちに見せておくれ」

紅茶の載った卓を囲んだ三人の前へおずおずと進み出る。その場で一周回っておくれと頼まれ、目をつむってえいと回った。

途端に黙り込んだ三人の喉が鳴る。

「君が饗庭家から連れてきた女中は粋な計らいをするな。我らにとって最高の褒賞だ」

「まったくだ兄さん。臨時手当を出すべき仕事ぶりだよ。たまらないね」

「金杉橋（かなすぎばし）でこんな衣裳を着せる店が人気だと聞いたことがあるけど、まさかそこから取り寄せたのか？」

年上の夫たちの賛辞に言い返せぬ代わりに、晶は年下の夫に憤りをぶつける。

「ハナが勝手に気を利かせて糸を抜いたのだ！　金杉橋がどうのと言われてもわからないよ！」

彼女が用意したのは、晶の羞恥心をこれ以上なく煽るものだった。

後ろ身頃を縫い合わせた糸が抜かれ、背中がぱっくりと開いている。襦袢（じゅばん）も着物と同じく糸を抜いているため、素肌が見えた。帯で留める付近だけは糸が残されているが、尻のあたりから裾まで再び割れ、屈めば尻が丸出しだ。

しかも、着けては興が冷めるからとハナに下着を取り上げられ、隅々まで気を利かせられてしまった。ハナもしばらく続いていた極度の緊張状態から解放され、高揚していたのかもしれない。

「さあ酌をして、僕たちを接待しておくれ」

弐知弥が椅子を引いてくれたが、座れば素肌の尻が座面に触れてしまう。とてもできない。

「こんな格好を私にさせて喜ぶなんて、嫌がらせがお好きなのですね」

ムッと唇を突き出す。椅子の背もたれにゆったりと寄りかかった若き男爵は頰を緩ませる。

「史三には素を出すくせに、私にはかしこまって感情を見せてくれないだろう？　こうすれば君が怒って素直になってくれるからな」

まるで弟への悋気を認めたも同然の言い様だ。

暖かな陽射しと三人の夫たちの熱気で、日光室はわずかに汗ばむほど室温が上がっている。

名前の出た史三はといえば、部屋の窓をひとつ、開け放った。

「いい風が吹いているな」

着物の布は薄く、吹き込んだ風で裾が舞い、ちらりちらりと内側を見せてしまう。

窓枠にもたれた史三が目を細め、晶を見た。

「酌も会話もしないなら、せめて接吻（キッス）ぐらいしてくれよ。俺たちの苦労をその身体でねぎらってくれるのだと思っていたが、違うのか？」

「そうだけど……」

布が広がらないよう尻に手を当て、小幅に数歩歩く。滑稽な仕草で進むと、すれ違いざまに弐知弥の手が背中の割れ目へ潜り込む。

「ひぁっ」

つるりと撫でられ、妙な声が出た。

「遊んでいないで、ここまで来いよ」

史三に急かされ、首を振る。

「これ以上歩けない。めくれてしまう……。それにあまり窓際に行っては外から見えるよ」

背中を撫でられただけで、晶の股間が反応してしまっていた。エプロンの前を押さえれば、後ろが疎かになり、肌が見えてしまう。

「立つだけで精一杯なら、夫側が折れるとするか」

歩み寄った史三から顎を持たれ、たっぷりとした口づけを交わす。互いの舌先を舐め合い、唇を吸う。背後に回ると、うなじへ鼻先を押し当てながら片手を背中の切れ目へ潜り込ませた。脇を撫で上げ、前までぐいと伸ばすと、胸の先をつまむ。

「んっ、あぁっ……」

胸のあたりで白いエプロンが盛り上がり、もぞもぞと動く。こりこりと乳首を指の間で転がされ、女給姿の晶はため息とともに喘ぎを漏らした。

着物とエプロンで前はしっかり覆われているはずなのに、すでに全裸を晒しているような錯覚に陥る。

濡れた唇を小さく開いた晶が頬を染め、艶めかしい吐息をつく。与えられる刺激を従順に愉悦として受け入れ、肌を上気させていく姿に、兄たち二人は息を止めて見入った。

史三がしゃがみ込み、背中に接吻を落とす。次第に下がっていく唇が臀部へ到達すると、布地の間へ顔を突っ込んだ。糸が千切れる音が立つ。尻たぶを両手で広げ、その奥へ舌が唾液を送り込み、淫猥な動きをちろりちろりと繰り返す。晶は三人が囲んでいた卓へ片手をつき、徐々に尻を突き出していく。

「はぁっ……」

指を挿し込まれ、声が出た。全開の窓に気づき、己の手で口を押さえようとする。それを弐知弥の手が阻んだ。

「晶、僕を見て」

正面に立った弐知弥から唇を重ねられた。後頭部へ大きな手が回され、逃がすまいと力が込められる。深くまで舌を咥えさせられ、ずるずると音を立てて唾液をすすられる。陰茎をしゃぶられていると錯覚してしまいそうな、卑猥な接吻だ。

エプロンの上から胸を揉まれる。緩いくせ毛の頭が下がり、エプロンの下へ潜った。縞柄の着物の裾を開かれ、すでに硬く膨れた晶の竿を持ち上げると、その下の凝った陰嚢を口中に含まれる。

「な、なめ……あぁ……」

濡れた喘ぎを零す晶の陰嚢をびしょびしょになるまであやしたのち、弐知弥は張り出した縁を舌の根でこそげるように刺激する。そのたびに腰がひくりと引け、史三の指を食い絞めた。

「あっ、あ……そんなにしたら、すぐに気をやってしまいます」

白いフリルの布地越しに、蠢く頭を押し返そうとするが、吸いつく弐知弥を突き放せず、されるがままになってしまう。

快感によろめく身体を支えようと、卓を摑んだ指に力を込めた。

「晶先生は、たくさんの女工たちに教えるのが上手いのだったね。元から一度に相手するのがお上手なようだ」

「からかわないでください」

「だが三人の夫は君に骨抜きだ。晶先生、私の相手もしてくれるかい」

「柾一郎さん……」

潤んだ瞳を向ければ、新たな男が晶に引き寄せられる。柾一郎が席を立ち、ゆっくりと晶に迫った。

晶が摑む卓に腰かけた柾一郎は晶のエプロンの肩紐を下ろし、胸元の合わせへ手を差し入れる。胸を揉まれながら、彼とも深い接吻をした。

陽は南中を過ぎ、日陰と日向(ひなた)の境目がゆっくりと移動していく。いまは、椅子の座面に仰向けに乗せた晶の上体を影が、腰から下を陽が覆っていた。

　穏やかな陽射しが晶の痴態を明らかにする。

　白と紫の縞柄の着物はすっかりはだけ、腰の周りを覆うだけだ。残ったエプロンは肩からずり落ち、赤らんだ乳首を片方覗かせている。

　もう片側は史三が熱心に吸いついていた。

　またぐらだけを開いた柾一郎が、重い砲身を撃ち当てる。穿たれるごとにくいと上がる赤みを増した竿も、男を食んだ部分から零れる、泡立つものまでくっきりと見える。

　体液で濡れた陰毛の黒い一本一本まで、艶事とは対照的な陽光で輝き、赤らんだ縁がぴんと伸びる様は、男たちの熱いまなざしを釘づけにした。

「晶、こっちへ来い」

　繋がったまま抱き上げた柾一郎が日向へ運び、絨毯の敷かれた床の上に裸身を横たえる。

　膝裏を押して尻を真上に向けると、力いっぱい腰を振り、己の赤黒い充溢を埋めては引き出し、また深々と埋めた。

「はぁっ、だめっ、イっ、イク……イイっ」

　わずかに残った羞恥で顔を脇へ向けた晶は、口元を隠しながら全身をうねらせ、絶頂へ達する。初々しい桜色の陰茎から精がしぶいた。それを三人の夫たちが爛々と目を輝かせ、艶美な姿態を目で味わう。

「我を忘れて夢中になっちまいそうだ」

史三の呟きに頷きながら、弐知弥は立ち上がって窓を閉める。

「これで可愛い女給さんに、存分に声を上げさせられるよ」

堪えきれなくなった二人は、長兄に揺すられ続ける晶の両手をそれぞれ取り、己の股間に押し当てる。

「まだまだするからな。覚悟しろよ」

「綺麗だよ、晶」

「もぉ、イったのにぃ、そこ突いちゃだめ、きもちイイからやめてぇ……」

びくびくと身体を震わせる晶へ、柾一郎は構わず腰を打ちつける。

「イった、イったからぁ……深い、深いぃ……」

熱を迸(ほとばし)らせた柾一郎は身体を伸ばし、晶の唇を痛いほど吸った。

「芙蓉(ふよう)の眦(まなじり)、丹花の唇とは、まさに晶のことだね」

快感を放ち、呆然(ぼうぜん)としている姿を弐知弥は褒め称(たた)え、兄がいた場所へ身体を入れた。シャツの前を開き、はだけたズボンからずっしりと猛った性器を取り出す。

脚を下ろす暇もなく新たな夫の亀頭が尻にあてがわれ、ずぶずぶと食ませられる。

「せんぱいの、ぞわぞわする……あぁ、おっきい」

くたりと力の抜けた晶は、目を閉じ、次兄の感触を呟く。

長兄と晶のまぐわいにすっかり煽られて滾り切ったものは、せわしなく晶の中を貪った。張り出たえらまで抜けば、長兄が放った白濁がかき出され、間から背中へとろりと流れていく。鋭く腰を穿ち、一気に根まで埋める。縋りつこうと内側が締まり、弐知弥を呻かせた。

「だめだ……もう持っていかれそうだ」

快感を堪える表情は悔しげに見える。弐知弥が精で濡らされたそこを突くたび、オメガの反応で潤った体液と男の精が混じり合い、ねちねちと粘ついた音が立つ。

そのたびに晶は息を詰めて、身体をビクビクと波打たせた。

はぁと息をつく晶の瞳はとろりと潤んでいる。

「あーちゃん……イイのか?」

史三が声をかけると、晶の手が再び史三のいきり立った陰茎を掴んだ。

「ん、ふみ……くち、に、ちょうだい」

これまでされたことはあっても、したことのなかった口淫を、晶は自ら欲しがる。

晶の頭に身をかぶせ、手を突いた史三が前立ての間からぶるりと雄を差し出す。眼前で濃い精の香りを漂わせるそれは、先端に先走りを浮かべていた。

重みのある陰嚢をやわやわと揉みしだきながら、丸い亀頭の先端に舌を這わせる。汗に似た味を舌先に感じた。気持ちを込め、精が噴き出る小さな穴を舌先でくじると、握った幹がピクピクと動く。

「あーちゃん……」

史三の手が晶の頭を焦れったそうに撫でる。喉奥へ突き入れたいのを堪えているのがわかった。

晶が男を咥える様子を、弐知弥と柾一郎が嫉妬と興奮の混じったまなざしで見入る。

「ん、う……」

弐知弥のものが奥をトンと押すたびに、晶は図太い肉茎を咥えたまま、喉の奥でくぐもった声を上げた。

「本当に上達したね」

ひと際力強く腰を打ち込まれる。晶は口を男に使われたまま呻く。痺れるほど強い快感が腹の奥で生まれた。

柾一郎の指が赤らんだ胸の先をつまむ。男たちが文字通り晶に群がっていた。

――みんな、私のそばにいる。

そう認識した途端、さらに身体中の感度が増す。頬に添えられた史三の手のひらすら、たまらなかった。

晶の中ですべてが吹っ切れる。鼻にかかった抑えられた声は、腹の奥から押し出される強い響きに変わる。

「んんんーっ」

悦びに白い背を反らす。脚を摑み直した弐知弥が、開ききった窄まりを勢いを増した男根で穿ち、奥を開いた。奥の口に自身の先端を含ませると、今後は小刻みに揺らす。

よくてよくて堪らない場所を突かれ、舌を使う余裕が失われる。手のひらの中の肉茎を強く握り締め、大きく顎を開き、雄々しく張り出た部分を口中に含んだまま声を上げる。

駆け上がるように悦びは高まり、増していった。


史三の精を口の端から零しつつ、四つん這いになる。脱げかけた着物の裾をからげ、尻を三人へ向けた。

発情期なら、精を吐いたり受けたりすればしばし落ち着くが、今日は勝手が違う。中で出されても口で受けても、それでも夫たちを求めてしまう貪欲な身体とともに、心が揺れてしょうがない。その心がまだまだ欲しいとわめくのだ。

晶は自ら指で窄まりの脇を押さえ、鮮紅色の中が見えるよう開いた。全力で誘うべく、はくはくと蠢かす。

「もっと、もっとください……」

「今日の君はすごいな」

柾一郎が感嘆の声を漏らす。

「ふ、ふたりでシてください」

「二人？」

「にりんざしって、いうのでしょ？　夫が三人なら……なさりたがるって……」

敬語の抜けかけた言葉でとつとつとせがむ。柾一郎と史三は瞠目(どうもく)して息を呑み、弐知弥は額に手を当て、唖然(あぜん)とした声を上げた。

「君は、どこでそんな……」

呆れられてしまったと晶は肩を落とす。でも欲しかったし、三人を喜ばせたい。

「お嫌でした？」

ぺたんとその場に腰を下ろす。痛む胸を押さえ、晶はうなだれた。

「そう簡単にできるものではないし、君への負担が大きすぎて、とてもじゃないがするわけにはいかないよ」

「したいのは私だけですね。ならばご迷惑――」

「君はしたい、のか？」

そばに屈んだ柾一郎に着物が落ちた肩を摑まれる。その手は熱い。

「もっと皆さんが欲しくてついわがままを。でも、ふしだらでいけないことなら我慢します。世間知らずで申し訳ありませんでした」

「いや、その……悪くはないのだが……」

「してはいけないのでしょう？」

口ごもる柾一郎を見上げ、首を傾げる。どうやら自分のしたことははしたない振る舞いだったらしい。いまのは忘れてくださいと取り消すべきか迷ったが、逡巡の見える様子から、許可が下りるやもと期待が残る。

「あーちゃん、いくらオメガでも準備と練習をしなきゃ無理だ。だから、まずはその練習をしようか？」

「どうする気だ？　僕は彼に怪我をさせる気はないぞ」

睨んだ弐知弥へ、史三がにやりと笑う。

「指だよ。指を三人分受け入れる練習だけしてみないか？　兄様は？」

「……仕方ないな」

柾一郎は立ち上がると、ティーカップに残っていた紅茶を飲み干し、茶葉の入っていない別のポットから湯を注ぐ。胸元から薬包を二つ取り出し、粉末を湯に振り入れた、指で直接かき回す。

「昆布を原料にしたぬめり薬だ。これを使えばいくらかマシだろう」

呆れられたかと心配したが、苦笑する柾一郎を見れば気分を害したわけではないようだ。

ホッとして頷き、ごろりとその場に仰向けになろうとすると、反対していたはずの弐知弥が太い腕で抱きかかえ、洋椅子に座らせてくれた。浅く腰掛け、肘掛けに足を上げるよう指示される。

「先輩、戸惑わせるようなことをねだってしまったのに、お怒りではないのですか？」

「君を傷つけたくないだけで、あれは、その……僕は反対しているわけではない」

「兄貴は心配しているだけで、下半身は乗り気だから気にするな。それより、あーちゃんががんばったなら、ご褒美にしてもらえるかもしれないぞ？」

「うん、がんばるよ。こう？」

両手で尻たぶを開き、奥を男たちの眼前にさらけ出す。

柾一郎が用意したカップの中身をそれぞれ掬い取る。

てらてらとぬめりを纏った三人の指が、二人分の精を飲み込んだままの窄まりへ、吸い込まれるように潜り込んだ。

「君のここは、なんて柔らかさなんだ」

「晶のお尻から精液がいっぱい湧き出てくるよ。僕たちのだね」

「あーちゃん、また完勃ちしてんな。みんなにしてもらって嬉しいんだろ？」

角度のついた雄蕊（ゆうずい）をつつかれ、男たちの前でゆらりと揺らされる。言葉で嬲られ、晶は嬉しいという素直な呟きとともにぎゅっと指を食い絞める。

三本の指が、ばらばらのリズムで前後に出し入れされる。奥へ突き入れ、指を曲げる者もいれば、中指を足す者もいた。しこりを探り、そこばかり責める指もある。

「あン……ふみくん、れんしゅう、うまくできてる……?」

「とても上手いよ」

史三に唇を奪われる。じゅるじゅると音を立てて舌を吸われ、晶もまた彼の唾液を嚥下(えんげ)した。

三人はそれにぞれに熱中し、無言でぐちぐちとひとつの穴を同時に弄(まさぐ)る。三つの手と視線に晒され、晶は情火に身を焦がした。

「ンッ、んんッ……」

柾一郎に乳首を甘噛みされる。ツンと突き出た先を歯と舌で転がされ、史三に舌を咥えられたまま喘ぐ。

含まされた指から遠慮が抜け、荒い動きで奥を探られる。弐知弥に陰茎を摑まれ、先端を舌でぐりぐりといじめられると、昂り切った晶が背を反らし、再び高みへ達してしまう。

しかし、精はたらりとひと雫流れたのみで、萎えずに張りつめたままだ。

「あぁーッ、あ、おかし、おかしい……イったまま終わらない……」

うろたえた晶が史三の襟を摑み、異変を伝える。身体がびりびりしたまま、戻らない。

「……もう限界だ。やるぞ」

切羽詰まった史三の声に、弐知弥が晶の帯を解き、女給の着物を脱がせる。

柾一郎が先ほどのティーカップを出し、手早く服を脱ぎ捨てた史三が中身を自身の逞しいまたぐらへ塗り込んだ。

絨毯の上に座ると、その上へ背中を向けて晶を座らせ、繋がる。ぬめり薬によって、受け入れる感覚がこれまでとまったく違う。身体中が敏感になった晶は息を詰めて身体を震わせた。

腰で跳ね上げるようにして抽挿を始めた史三へ、晶が待ったをかける。

「ン、待って史三くん。指も、指もして?」

柾一郎と弐知弥にも目を向けたが、二人には戸惑いがまだ残っていた。

「俺がこのましてやる」

史三の太い指が前に回り、晶の陰嚢の下へ潜る。繋がった縁を数度撫でられ、期待に胸が高鳴る。いったん腰を軽く上げさせられ、陰茎に添わせた指ごと食み直す。

「あン、史三……入った……」

潜り込んだ指は一本だ。縁が広がる感覚に晶は陶然とする。

「あーちゃん、自分で腰振ってみて。無理するなよ」

言われるがままもぞもぞと動いてみたが、身体を上手く起こせず、もたつく。その間に史三は軽く指を動かしたのち、もう一本指を増やす。

「すごい……史三……」

広げられる感覚に、晶はうっとりと目を閉じる。だが指が入った分、史三は腰が動かしづらそうだ。

あと少しが満たされない。史三を受け入れた部分を自身の指先で撫でながら股を広げ、どこまでも湧き上がる淫欲のまま、晶は夫たちへねだる。

「柾一郎さん、先輩、ここに指入れて？」

「あ、晶……」

弐知弥がよろりと一歩進み出て、晶の前で膝をつく。背丈も胸の厚みもある大きな身体が、小さく身を屈め、男を食んだ穴の前に引き寄せられる。

「お願い。にーちゃせんぱいの指で、練習させて？」

晶は自ら手を伸ばし、弐知弥の指を舌を出して舐めた。滴るほど濡らした指を、弐知弥がおずおずと、史三の陰茎が占拠する穴へ割り込ませていく。

「晶……本当に大丈夫なのか？」

「あぁ……こんなわがままをせがんでしまって、呆れましたよね？」

「呆れないよ。だが、少しでも痛くなったら言うんだぞ」

縁からあふれたぬめりを指に纏わせ、指の腹を手前に向けてずずっと押し込む。しこりが指の先に当たったった。勝手に膝がカクカクと揺れる。

「そこっ、そこ、あぁぁ……。サイダーみたいに体中がぱちぱちする」

「よし、少しずつ動かすからな」

史三の指が抜け、腰を持たれる。ゆっくりと抽挿が再開された。

「んんッ、せ……せいいちろぉさん、ふみの指が抜けちゃった」

とろんと半分呆けた晶から流し目を送られ、柾一郎が熱い吐息を漏らす。

「いまは自分を保つ自信がない。私では危ないから、指を増やすなら弐知弥に頼みなさい」

「わたしが……わたしが淫乱だからお嫌いになったのですね？」

顔を歪め、晶は涙声になってしまう。過剰に敏感になった身体は心も過敏にさせていた。

「兄様、晶を泣かすな」

史三からも言われてしまい、柾一郎は慌てて晶をなだめる。

「嫌いじゃないさ。むしろ、君を壊すほど衝動で動いてしまいそうなんだ。私は見ていてあげるから、君は隠さず素直に欲しがるといい」

「正直に？　言っていいのですか？」

「さあ、言いなさい。もし彼らが暴走しそうになったら、私が止めよう」

「晶、僕に言ってごらん」

「……せんぱい、次は指じゃないの入れて？」

弐知弥はかっと目を見開いて頷き、指を抜く。指先から糸が引いた。興奮で乾いた唇を舐めながら弐知弥もまた服を脱ぎ捨て、ぬめり薬を手荒くねちねちと自身へ塗りつけ、扱く。

史三が寝そべり、晶の中で硬く勃ち上がったままの雄をとろとろに潤んだ狭道へ突き上げる。晶は脚を開いたまま後ろへ手をつき、滑るようにやすやすと出ては入る様を弐知弥と柾一郎へ見せつけた。ぐぽぐぽと卑猥な音が立つ。粘膜を擦り合う怪しい感覚に二人で酔うが、期待はまた別に向けられている。

強欲な願いが叶えられると、晶の胸で期待が膨らむ。

昂りきった弐知弥が、熱に浮かされたような面持ちで史三の脚を跨ぐ。縁に弐知弥の親指が添えられ、ぐっと引かれる。わずかなすき間を見つけて、小さな尻へ二本目を穿った。

弐知弥と史三が息を詰める。晶は顎を上げて息を吐いた。尻の奥がきゅうっと締まり、痺れるような悦びが身体中を駆け巡る。

「あぁぁぁ、いぃぃ……」

のけ反った晶の胸先を柾一郎につままれる。芯を捕らえた指先は乳首をくりくりと嬲った。強い快感に晶の股間がビクビクとのたうつ。

柾一郎の反対の手は、自身の赤黒く膨れきった陰茎を扱いていた。部屋のあちこちに男たちの服が脱ぎ散らかされ、いつの間にか柾一郎も裸になっていた。

「困った花嫁だ。こんなものを二本も欲しがるなんて」

「あぁぁ……ごめんなさ……困らせて……でもいっぱいなの、きもち、イイ……」

「イイ顔をする。晶、可愛いよ」

柾一郎に囁かれながら、開ききった穴へ突き立てられた二人の男根に揺すぶられる。

「あつい……すご、あぅ……」

二本の剛直が尻を出入りする様を、弐知弥は腰を揺らしながら凝視する。史三は額に汗を浮かばせ、歯を食いしばって壮絶な感覚を堪えていた。

晶も夫たちも、ぐうともあーともつかない、獣のごとき声を上げて交わった。

日々、夫たちからの愛を受け、成熟した姿を見せるようになった陰茎がわずかな精を噴き上げる。達した顔のしどけなさを柾一郎が褒めた。それからすぐにどっと二人分の精を一気に身の内に浴びると、柾一郎の手によってすぐに汗ばんだ身体を離される。ずるりと抜ける感触に喘ぐ。

「痛んでいないか、調べるよ」

ティーカップの底に残った液体を、うつ伏せた晶の尻へすべて落とし、丁寧に指で縁を探られた。

痛まないかと聞かれて首を振る。

「じゃあ、いいね」

言い終わるか終わらないかのうちに、熱く滾った肉が弟たちの精を零し、小さく開いたままの淫らな穴に埋められる。凶悪なほど猛ったものは欲張りな穴でとろかされ、男の身体を震わせた。肌を打つ音が続く。

「っ……はっ、あぁーーっ！」

衝動が抑えられないという柾一郎の言葉の意味を、奥まで繰り返し鋭く穿たれながら実感する。

「下の口がぐずぐずだ。なんて柔らかいんだ。こんなにしても、いくらでも私を呑み込むじゃないか」

「せ、いちろさんッ……」

低い呻きと同時に奥深くへ放たれる。精を放ってヒクつく剛直を逃すまいと、尻の中が咥えた雄を引き絞る。夫を食んだ媚肉が波打っては蠕動(ぜんどう)し、自分でも止められない。

柾一郎は抜く気はないのか、また動き始める。ぬちぬちと音を立てて男を食らう身体もまた、まだまだ足りぬと欲していた。

自分たちのまぐわいを眺める史三の、角度のついた肉茎に視線が引き寄せられる。

——あぁ、あれも欲しい。

「晶先生は物足りないそうだ。史三、先生につき合いなさい」

柾一郎が洋椅子へ浅く座り、晶の脚をM字に開脚させた形で穿つ。

「あーちゃんはいっぱいされるのが本当に好きなんだな」

白濁を滲ませる縁へ先端を当てられただけで、胸が高鳴った。ぐっと腰を入れられると、尻の奥がきゅんっと疼く。

「ンンッ……はぁっ、イイ……」

二つの男を狭い尻穴にいっぺんに押し込まれ、眦から喜悦の涙が零れる。史三は感嘆の吐息を漏らし、晶の限界まで広がった穴をしみじみと見入る。

「こんなになって……」

「やっぱり、晶先生は二本挿れられた方が勃ちがいい。嬉しいかい？」

放った精でぐっしょりと濡れそぼった晶の竿を、柾一郎が扱く。そこはまた健気に上向いていた。

「あン、嬉しい……いっぱいなの、嬉しい」

「俺たちは最高の花嫁をもらったな」

呟いた史三が細かく震わせるように突いたかと思うと、ずるずると限界まで引き、いろいろなもので濡れるそこへ再びぐぷりと沈ませる。晶はそのたびに喘ぎ声を上げ、つま先をぴんと突っ張らせた。

「晶、そんなに悦ぶなら、次は手加減なしにねじ込んであげるよ」

逞しい筋肉を荒い息で上下させた弐知弥の声に、また尻の奥がきゅうきゅうと悦ぶ。割れた腹筋の下で再度頭をもたげた男根は、次に備え、新たな血を巡らせていた。

繰り返し到来する絶頂に打ち倒れ、身体が利かなくなるころには、明るい陽射しは夕焼けに変わっていた。

そのまま四人で絨毯の上に布団を敷き、一緒に寝転がって眠りに落ちた。


後日、日光室に大きな特注の寝台が運び込まれ、鵜川夫婦の仲睦まじさは誰もが知るところとなった。

鵜川家は大陸の利権から手を引いたことで勢いを失ったが、高位アー種と呼ばれ、なにかと重んじられ始めた。

柾一郎はバース性で呼ばれるのを嫌ったが、他のアー種への牽制(けんせい)になると弐知弥に諭され、渋々受け入れた。

鵜川家の花嫁のために建てられた洋館には、時折、ミシンを学ぶ縫子たちが通う。

晶先生の教室は縫子たちに好評で、特に先生のつき添いとして教室の隅に立つ男爵様やそのご兄弟様が拝みたくなるほど麗しいと噂だ。

一方、修理の技術を学ぶために訪れる男たちには、視線だけで殺そうとしているのではないかと、本気で恐怖を感じると不評だ。

晶はそんな夫たちの態度に初め難色を示した。しかしそのおかげか、容易に人を呆けさせてしまう晶の容姿に男たちは一切惑わされず、何度も通わずに済ませなければと、必死に話を聞いてくれるので良しとした。

だから饗庭縫製工場の修理士たちは、洋館に通わずに済むよう、常日頃から仲間同士で技術を教え合い、日本に新しいミシン製造会社が立ち上がると、自ら赴いて学びに行くほど熱心で優秀だという話だ。

あとがき

こんにちは、エナリユウと申します。ＢＬで情緒を整える人生です。

今作、少しでも楽しんでいただけていましたらなによりです。

自分が書いたくせになんですが、攻めのお持物が立派設定すぎて受けの晶が気の毒になってしまい、「こんな可愛い子に二輪挿しなんてできない！」とやらせずに一度終わらせました。自分だって読むなら待ってましたと歓喜するくせに、晶には情が出て無茶できなかったのです。しかし、編集様より実行の指令を受け、『令和の二輪挿しとは』を考えながら書き直しました。可愛いあの子が合意の上で二輪挿しなんてありえるのか？　着地具合は本編でご確認いただければと思います。

複数が好物です。編集部様へプロットをあれこれ出させてもらった際、実は一番書きたいのは複数なんですと別ファイルで３Ｐと４Ｐのプロットをそれぞれ提出しました。４Ｐでいいですよとお話をいただけたときは「本当ですか？」と鼻息荒く聞き返してしまいました。最初から素直に出せば一度で済んだのに、回り道してしまいました。

そんなわけで攻め様が三人おりますので、盛りだくさんなシチュを詰め込みました。逃げ受け、追い攻め。先輩攻め後輩受け。えろ中に受けをちゃん呼びしちゃう攻め、または先生呼びしたがる攻め。また、一穴多棒好きの方に喜んでいただけたら幸いです。

イラストはＹＡＮＡＭｉ先生に描いていただけました。先生の表紙を拝見し、攻めの胸チラに目覚めました。主人公の晶ももちろん可愛いですが、本文イラストでは攻め兄弟の逞しい身体が眩しいです。色気たっぷりの素晴らしい絵を描いてくださり、ありがとうございました。

そして書店様、営業様、校正様に編集様、関わってくださった皆様のおかげで本が出せます。ありがとうございました。

初めて手に取っていただけた方、どこかで出会ったのを憶えてくださり、読んでみようかと選んでくださった方、皆様ありがとうございます。手探りですが、少しでも面白いものを今後もお届けできたら嬉しいです。

それではまた、どこかでお会いできることを祈っております。

エナリユウ先生、YANAMi先生へのお便り、
本作品に関するご意見、ご感想などは
〒101-8405
東京都千代田区神田三崎町2-18-11
二見書房　シャレード文庫
「花嫁と三人の偏愛アルファ」係まで。

本作品は書き下ろしです

花嫁と三人の偏愛アルファ

2022年5月20日　初版発行

【著者】エナリユウ

【発行所】株式会社二見書房
東京都千代田区神田三崎町2-18-11
電話　03(3515)2311[営業]
　　　03(3515)2314[編集]
振替　00170-4-2639
【印刷】株式会社 堀内印刷所
【製本】株式会社 村上製本所

落丁・乱丁本はお取り替えいたします。
定価は、カバーに表示してあります。

ISBN978-4-576-22059-8

https://charade.futami.co.jp/